감정을 파는 소년

감정을 파는 소년

청소년 성장소설 십대들의 힐링캠프, 소망

[십대들의 힐링캠프®] 시리즈 NO.39

지은이 | 김수정
발행인 | 김경아

2021년 12월 25일 1판 1쇄 발행
2022년　5월 18일 1판 2쇄 발행
2023년　4월 19일 1판 3쇄 발행(총 4,000부 발행)

이 책을 만든 사람들
책임 기획 | 김경아
기획 | 김효정
북 디자인 | KHJ북디자인
표지 삽화 | 정지란
교정 교열 | 김경미
경영 지원 | 홍종남

이 책을 함께 만든 사람들
종이 | 제이피씨 정동수 · 정충엽
제작 및 인쇄 | 천일문화사 유재상

청소년 기획위원
정가인, 양태훈, 양재욱

펴낸곳 | 행복한나무
출판등록 | 2007년 3월 7일. 제 2007-5호
주소 | 경기도 남양주시 도농로 34, 301동 301호(다산동, 플루리움)
전화 | 02) 322-3856 팩스 | 02) 322-3857
홈페이지 | www.ihappytree.com
도서 문의(출판사 e-mail) | e21chope@daum.net
내용 문의(지은이 e-mail) | iini3@naver.com
※ 이 책을 읽다가 궁금한 점이 있을 때는 지은이 e-mail을 이용해 주세요.

ⓒ 김수정, 2021
ISBN 979-11-88758-40-1
"행복한나무" 도서번호 : 141

차례

2부

●

감정을 사고파는 수상한 가게

"어서 오세요."

"사랑을 팔고 싶은데요."

들쭉날쭉한 전신주의 전선들이 너저분하게 꼬여 있는 골목길 끝 간판도 없는 허름한 가게에 한 여자가 들어서며 말했다. 군데군데 칠이 벗겨진 시멘트 벽과 열고 닫을 때마다 삐거덕 소리가 나는 목재 미닫이문. 심지어 가게의 내부는 식당인지, 창고인지 가늠할 수 없을 정도로 비좁고 어두웠다. 언뜻 보면 일본식 주점 같기도 한 긴 바테이블 안쪽에 직원으로 보이는 남자 두 명이 서 있었다. 아니, 남자 둘이라기보다는 한 명의 소년과 그의 보호자인 듯한 다른 한 명의 성인 남자라고 하는 게 맞을 것이다. 어쩌면 사장님과 알바생일지도 모른다.

후미진 곳에 자리한 가게는 지도에도 등록이 되어 있지 않아 작정을 하고도 찾기가 쉽지 않다. 개점 이래 별다른 홍보도 하지 않았기에 그곳의 영업시간을 정확히 알고 있는 것은 동네 길고양이들뿐이었다. 그런데 사람들은 어떻게 이곳의 위치를 알아내는지 드문드문 손님이 끊이질 않는다.

　방금 전 가게 안으로 들어선 여자는 마치 눈앞의 두 사람이 보이지 않는 듯 가게 안을 찬찬히 훑어보다가 이내 입구에서 가장 멀리 있는 바체어에 조심스럽게 앉았다. 화장기 하나 없이 수척한 모습의 그녀는 수심이 가득한 얼굴로 알바생이 건넨 물 잔을 그저 가만히 바라만 보고 있었다.

　곧이어 그녀는 어깨를 들썩이며 흐느끼기 시작했고, 바테이블에 있는 티슈를 무작위로 뽑아 눈물을 훔치기 시작했다. 그렇게 한참을 흐느끼는 동안, 사장님과 알바생 역시 그들의 공간에 아무도 없다는 듯 그녀에게 한마디 말도 건네지 않았다. 그것은 마치 하나의 공간에 각기 다른 두 개의 세상을 합쳐 놓은 모습 같았다. 하지만 이내 그곳에 세 사람이 동시에 존재한다는 것을 알려 주기라도 하듯, 그녀가 먼저 입을 열었다.

"이곳이 감정을 매입해 준다는 곳인가요?"

"어떤 감정을 팔러 오셨나요?"

사장님인 듯한 남자가 대답했다. 그의 이름은 정우였다. 정우는 큰 키에 마른 체격으로, 외모도 곱상하고 언제나 손님을 상냥하게 대했다. 옆에 서 있던 소년은 그런 그가 못마땅하다는 듯 핀잔을 읊조렸다.

"사랑을 팔러 왔다잖아. 아까 뭘 들은 거야?"

소년의 이름은 민성. 그는 정우와 달리 작은 키에 까무잡잡한 피부, 무엇보다 말투가 퉁명스럽고 시니컬했다. 부자지간이라기엔 족히 띠 한 바퀴는 부족해 보이고, 형제라기엔 또 터울이 길어 보이는 이 두 사람은 정반대의 외모와 성격으로 한 가게를 운영하고 있었다.

"사랑을 팔고 싶다고 하셨는데,
정확히 어떤 상황의 어떤 감정인지 알아야 우리
엔지니어가 고객님의 감정을 매입할 수 있거든요."

바테이블 위에 놓인 물 잔을 그녀 앞으로 다시 한 번
넌지시 건네며 정우가 물었다. 방금 전까지 잔을 받쳤던 코스터의
물 자국이 원을 그리고 있었다.

"미치도록 사랑하는 남자가 있어요. 그런데 그 사람은 절 사랑하지
않는 것 같아요."

얼굴을 감싼 채 미세하게 떨리는 두 손처럼 그녀의 말끝도 떨리며
흐려졌다.

민성은 이런 상황이 매우 익숙하면서도 한심하다는 듯 바테이블에
턱을 괸 채 그녀에게 말했다.

"그 남자를 사랑하는 감정만 우리가 매입하면 되는 거죠? 근데 그런
감정은 값 얼마 못 쳐 드려요."

"돈 같은 건 필요 없어요. 그냥 제발 제 안에 있는 이 감정을 도려내
고 싶어요."

"아뇨, 그래도 돈은 받으셔야죠. 그게 누군가를 그토록 사랑했던 당
신 감정의 값어치니까요."

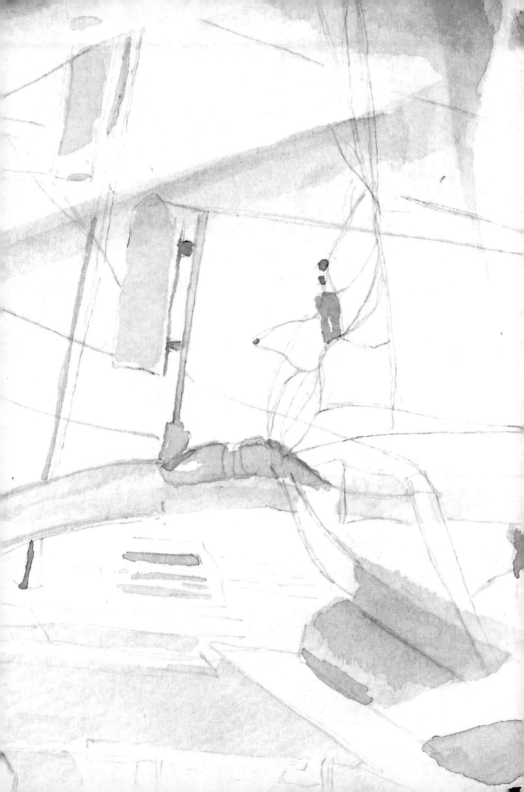

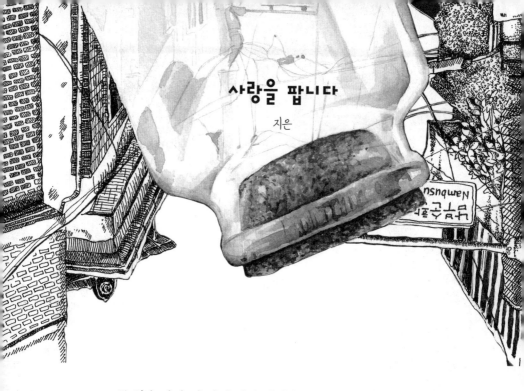

사랑을 팝니다

지은

　그를 처음 만난 건 서점 알바 면접을 보러 갔을 때였다. 그곳은 남매
가 함께 운영하는 작은 책방이었고, 근무 요일과 시급만 협의한 뒤 바
로 출근을 했다. 남매의 어머님이 갑자기 편찮으시게 되면서 여동생이
간병을 도맡아 급하게 알바를 구하게 되었는데 내가 두 번째 지원자였
다. 일을 시작한 지 사흘째 되었을 때 들은 이야기인데 첫 번째 지원자
는 면접에 지각을 하는 바람에 처음부터 눈 밖에 났다고 했다. 반면 집
이 가까웠던 나는 면접 10분 전에 미리 도착한 덕분에 사장님들 마음
에 들 수 있었다.

　출근하고 며칠 동안은 여자 사장님이 담당했던 업무 위주로 인수인
계를 받았다. 책의 재고 확인 및 진열과 정리, 반품 등을 포함한 매장

감정을 파는 소년

전반의 일을 배우는 데에는 그리 오래 걸리지 않았다. 그렇게 일주일째가 되던 날, 여자 사장님은 자세한 건 일하는 동안 오빠한테 직접 배우라는 말만을 남긴 채 더 이상 서점으로 출근하지 않았다.

처음에는 남자 사장님과 단둘이 일하는 것이 굉장히 불편했다. 그는 말수가 그리 많지 않은 사람이었고, 나는 그런 침묵이 다소 무겁게 느껴져 창고로 피하기 일쑤였다. 공간을 불편하게 만드는 사람, 딱 우리 사장님이 그런 사람이었다.

하루는 절판된 책을 찾는 손님이 있었는데, 사장님은 기꺼이 서랍 안쪽에 깊숙이 보관되어 있던 소장용 책을 손님께 건넸다. 심지어 돈도 받지 않고. 그 책은 딱 봐도 세월의 손때가 묻어 있는 책이었다. 당시에는 '그다지 아끼는 책이 아닌가 보네.' 정도로 생각했다.

"그 책을 손님한테 드렸다고?"

"난 충분히 읽었으니까."

"오빠, 그 책 구하려고 원주에 있는 헌책방까지 다녀오지 않았어?"

"책도 사람의 손길이 닿아야 책으로서의 가치가 있는 거지, 아무도 읽지 않는 책은 그저 종이 뭉치일 뿐이야."

마감 시간에 잠깐 들른 여동생과의 대화를 우연히 들으며 이름 모를 헌책방 한구석에서 주인을 기다리고 있었을 먼지 쌓인 책을 떠올렸다. 그와 동시에 그 책을 발견한 사장님의 미소 짓는 모습이 함께 그려졌다. 그때까지만 해도 난 사장님이 웃는 걸 한 번도 본 적이 없었는데 말이다.

당시 남자 친구는 알바하는 곳으로 가끔 나를 데리러 오곤 했다. 그는 평소 제법 살가운 성격이었음에도 내가 일하는 곳의 고용주에게는 늘 싸늘한 표정으로 목 인사만을 건넸다. 그게 무안했던 나는 퇴근 후 서점에서 멀어지고 나면 그를 타박하기 시작했다. 남자 친구는 평소 낯을 가린다거나 말수가 적은 편이 아니었기에 당시에는 그런 그의 태도가 좀처럼 이해되지 않았다. 그는 친구들과의 술자리에서 늘 분위기를 주도하는 사람이었으며 주변에 이성 친구도 많았다.

그래, 이성 친구가 많아도 너무 많았다. 술과 여자를 좋아하는 사람이었던 그와 달리 나는 주변에 이성 친구가 별로 없었기에 사귀는 동안 그가 내게 긴장할 일은 거의 없었다. 그랬던 남자 친구가 내게 처음으로 불안을 느꼈던 건 아마도 내가 서점 알바를 다니기 시작하면서부터였을 것이다. 서점에는 남자 손님이 그리 많지도 않았고, 손님과의 교류는 더더욱 드물었다. 그럼에도 불구하고 남자 친구는 내가 그곳에서 일하는 것을 달가워하지 않았는데, 일은 결국 그의 술자리에서 벌어졌다.

"언니, 저 그날 밤 선배랑 단둘이 있었어요."

"오해야. 그건 정말 오해야."

여 후배의 짝사랑을 미처 몰랐던 그는 설마 그녀가 내게 와서 직접 사실을 폭로하리라고는 상상조차 하지 못했던 것 같다. 그는 후배에게 나에 관한 연애상담을 하던 중 막차가 끊기는 바람에 첫차가 다닐 때까지 함께 있었던 것뿐이라며 내게 변명을 늘어놓았다. 그날 밤 나는 그저 담담히 그에게 이별을 고했다. 긴 연애 기간 탓에 권태기가 온 것인지 눈물이 말라 버린 것인지는 알 수 없었다.

그리고 똑같은 매일이 이어졌다. 서점에 출근을 했고, 책을 정리했다. 책 특유의 종이 냄새 속에서 그와의 연애를 복습했다. 그래, 그 계절에 그렇게 그를 만났지. 그날 우리도 처음으로 함께 밤을 지새웠지…… 등의 생각을 하며 책장에 책을 한 권씩 꽂아 나갔다. 오늘은 새로 입고된 책의 수량이 제법 많아서 사장님이 함께 매대 정리를 도와주었다. 그나마 처음보다는 사장님과 한 공간에서 일하는 것에 대한 불편함이 조금은 사라진 터였다. 그때 사장님이 내게 말했다.

"지은 씨, 이 책 한번 읽어 볼래요?"

"무슨 책인데요?"

사장님은 내게 밤하늘이 그려진 표지에 노란색 띠지가 둘러진 책 한 권을 건넸다. 그건 알바를 시작한 이래 처음 있는 일이었다.

"그냥, 지은 씨가 보면 좋을 것 같아서요."

'이것도 업무에 포함되는 일인가?'라는 생각에 일단은 책을 받아 들었고, 그날 밤 집으로 돌아와 아무 생각 없이 잔업이다 생각하고 그 책을 읽었다. 사장님이 준 책은 '꽃이 지면 밤이 피는 별에서'라는 제목의 에세이집이었다.

담담히 울리는 노래 가사에 네 손을 떠올려 본다.

언젠가라도 따뜻이 쥐어 보고 싶었던 그 끝이 달처럼 동그랬던 것만 같다.

깍지로 포개어 꼭 잡고서 놓지 않고 싶었던 밤은
오늘도 잠결 꿈결에 머물다 지나간다.

아리다.
언젠가는 앓았던 이 마음 이 시간마저 그리울 테니
조금 더 달게 취해 있고 싶어졌다.

너의 사랑을 응원했던 건
그 사랑이 꼭 나이길 바라서는 아니었다.
내게 먼 네가, 행복과는 가깝기를 바란다.

평소 에세이집을 즐겨 읽는 편은 아니었기에 처음에는 좀처럼 집중
이 되지 않았다. 그저 사장님이 도대체 왜 나에게 이 책을 건넨 것인지,
그 의중을 파악하고자 애써 문장을 되새기며 읽어 내려갔다. 그렇게
페이지를 한 장씩 넘기는 동안 조금씩 문장들이 내게 스며들기 시작했
다. 착각일 수도 있지만, 어쩐지 책이 내게 말을 건네는 기분이었다.

그리움은 그리움대로 두기로 했다.
좋아하는 일과 마음은 좋은 만큼 있는 대로,

변하는 것들은 자연스레 변화하는 대로,

사라지면 사라지는 대로.

난 그저 오늘 하루의 나대로 물들어야지.

마지막까지 충실하기로 다짐한다.

피어날 봄을 위해 아낌없이 지자.

책을 다 읽고 난 뒤, 정돈된 감정이 내 안에 차곡차곡 쌓이기 시작했다. 전 남자 친구가 어떤 사람이었건 나는 그를 진심으로 사랑했고, 그와의 수많은 계절 속에서 우리의 사랑이 아름다웠던 순간은 분명히 존재했다. 마무리가 좀 아쉽긴 했지만 나는 그를 사랑했던 나의 모든 시간들을 고이 간직하기로 했다.

그와 동시에 어쩌면 사장님은 나의 이별에 대해 이미 짐작하고 있었을 수도 있겠다는 생각이 들었다. 일하는 동안 개인사를 내색하지 않으려 애썼던 시간들이 민망해지면서도 의외로 세심한 사장님의 배려에 고마운 마음이 들었다.

이튿날 출근하자마자 사장님께 감사 인사와 함께 책을 돌려 드리며 이 책을 건넨 이유에 대해 물었다. 그는 잠깐 나를 지긋이 바라보다가 책도 받지 않은 채 창고로 들어가 버렸다. 나는 매장 안에 홀로 덩그러니 남겨진 채로 애꿎은 창고 입구만 바라보았다. 역시나 불편한 사람이다. 나는 멋쩍게 반품 리스트를 확인하며 그렇게 오전 근무를 시작했다.

"우리 오빠가 좀 무뚝뚝하긴 해도 나쁜 사람은 아니에요."

"예? 아, 예……."

가끔 서점에 들르는 여동생은 무뚝뚝한 오빠 때문에 혹여 애써 구한 알바생이 그만두기라도 할까 봐 걱정이 되었는지 간혹 뜬금없는 이야기를 하곤 했다. 그녀가 구태여 변명하지 않아도 나는 그곳을 그만둘 생각이 전혀 없었는데 말이다.

출판사에서 디자인이 변경되면 기존 책을 회수하기 위한 반품 요청이 들어오곤 하는데, 그럴 땐 매장 내에 진열된 책을 일일이 찾아내야 한다. 전산상의 재고량과 회수된 책의 수량이 맞지 않을 경우 손님이 엉뚱한 곳에 책을 꽂아 뒀을 가능성을 염두에 두어 모든 매대와 책꽂이의 책 사이사이를 훑는다. 별거 아닌 것 같지만 이게 여간 일이 아니다. 다행히 오늘은 대부분의 책이 제자리에 있었다.

정오가 되자 짬을 내 들른 직장인 손님들로 가게 안이 북적이기 시작했다. 상대적으로 마음이 조급한 그들을 분주하게 응대한 후에야 뒤늦은 점심 식사를 할 수 있다. 두 사람이 동시에 가게를 비울 순 없었기에 나는 늘 혼밥을 했고, 사장님은 대부분 끼니를 걸렀다.

식사를 마친 뒤 서점으로 돌아와 한산한 매장 안에서 오늘 나온 신간들을 정리하고 있었다. 곧 사장님이 내 옆으로 다가왔다. 그의 공기가 여전히 불편했던 나는 슬며시 자리를 뜰 준비를 하고 있었다. 그때 책꽂이에 책을 꽂던 사장님이 말했다.

"제가 말주변이 별로 없어서……. 하고 싶은 말을 하는 것보다, 하고 싶은 말이 들어 있는 책을 건네는 게 훨씬 편하더라고요. 그 책은 그냥 지은 씨 가져요."

그 순간 서점 안으로 햇살이 비스듬하게 들어오기 시작했다. 햇살을 등진 사장님의 얼굴 뒤로 역광이 비추는 바람에 그의 얼굴은 제대로 보지 못했지만, 언뜻 상상 속 헌책방에서 절판된 책을 찾았을 때의 사장님의 표정이 스쳤던 것 같다.

매일 같은 공간에서 같은 일상을 맞이하고 있었음에도 언젠가부터 그곳이 풍경처럼 느껴지기 시작했다. 그의 존재가 등 뒤로도 느껴졌고, '아 사장님이 계산대에 있구나.', '사장님이 창고에 가셨구나.' 등의 자각이 들기 시작했다. 마치 어느 날 갑자기 시계의 초침이 들리기 시작한 것처럼. 그 소리는 언제나 나던 소리였는데 말이다.

처음에는 사장님과 한 공간에 있는 것조차 불편했는데, 나도 모르는 사이 조금씩 일하는 공간이 아늑하게 느껴지기 시작했다. 그는 주변의 공기와 시간의 흐름을 바꾸는 사람이었다. 사장님의 주변 공기는 언제나 따스했고, 그의 시간은 남들보다 느리게 흘러갔다. 그럼에도 불구하고 근무 시간은 점점 더 짧게만 느껴졌다. 퇴근 시간이 다가오는 게 아쉽게 느껴질 정도라니, 너무나 이상하지 않은가.

가끔 계산대 아래에 시원한 병 커피가 놓여 있을 때가 있었다. 사장님은 평소 커피를 즐겨 마시는 사람이 아니었다. 그래서 이것이 날 위해 준비한 것이라는 걸 깨닫는 데에는 그리 오랜 시간이 걸리지 않았다. 내가 두 손으로 커피를 만지작거리면 저 멀리서 그런 나를 한 번 흘 끗 확인하는 사장님을 쉽게 발견할 수 있었다. 사장님의 커피는 생각 보다 달콤했다.

이번에 들어온 반품 리스트는 비인기 작가의 초기작으로 출판사와 의 계약이 만료되면서 회수 요청이 들어온 책의 리스트였다. 그 책은 손님들의 손길이 잘 닿지 않는 책꽂이의 맨 위층에 비치되어 있었다. 나는 책장을 마주 보고 까치발을 들어 팔을 뻗어 보았지만 손가락 끝 조차 닿지 않았다. 발받침을 가지러 가기 위해 돌아서는 순간, 내 뒤에 있던 사장님의 품에 부딪히고 말았다. 사장님이 머리 위로 뻗었던 한 손엔 내가 찾던 바로 그 책이, 다른 한 팔엔 내가 있었다.

"죄, 죄송합니다!"

"아니, 나는 지은 씨 넘어질까 봐……. 괜찮아요?"

그날 처음으로 그의 다정함이 위험하게 느껴졌다. 무언가 말로는 명 확하게 설명할 수 없는 기분이 들면서 심장이 빠르게 뛰기 시작했다. 우리 사장님은 결코 인간관계에 젠틀하다거나 능숙한 부류가 아니었 다. 다만, 그는 사람을 볼 때 상대의 눈을 똑바로 바라보는 사람이었다. 속을 꿰뚫어 볼 것만 같은 그의 눈빛에 늘 시선을 먼저 거두는 쪽은 바 로 나였다. 처음에는 단지 사장님과 알바생의 관계라서 불편하다고 여 겼는데, 언젠가부터 나를 향한 시선의 농도가 다른 사람들과는 확연히 다르다는 것을 깨달았다.

그날은 비가 굉장히 많이 쏟아진 날이었다. 세차게 내리던 비가 가을의 마지막 낙엽마저 떨구던 날 전 남자 친구가 서점 앞으로 찾아왔다. 퇴근하기 전부터 가게 건너편에서 그가 기다리고 있다는 것을 알고 있었다. 아마 사장님도 알았을 것이다. 퇴근 시간이 다가오자 나는 점점 초초해지기 시작했다. 그런 내 모습을 묵묵히 지켜보던 사장님이 먼저 내게 다가와 말을 건넸다.

"지은 씨, 우산 있어요?"

"아, 아뇨. 출근할 땐 비가 안 와서 깜빡했어요."

"우산 빌려줄게요. 가져가요."

그가 막아 주고 싶었던 것은 예기치 못한 날씨의 변덕만은 아니었을 것이다. 그렇게 사장님 우산을 건네받아 서점을 나서자 전 남자 친구가 기다렸다는 듯 내게 다가왔다.

"얘기 좀 해."

나는 최대한 서점에서 멀어지기 위해 대답조차 하지 않은 채 앞만 보고 걸어가기 시작했다. 그는 그런 나를 계속 따라왔다. 그렇게 가게로부터 네 블록쯤 지나 인적 없는 골목길에 다다랐을 때 그제야 나는 발걸음을 세웠다. 아마도 무의식중에 그와 함께 있는 모습을 사장님한테 보여 주기 싫었던 것 같다. 그런 나의 속내를 알 리 없는 전 남자 친구는 그제야 내가 자신의 부름에 응했다고 생각하는 것 같았다.

곧 그는 내게 다시 만나 달라며 애원을 하기 시작했다. 너무 미안하다고 정말로 미안하다면서 말이다. 오해라 주장했던 후배와 얼떨결에 사귀긴 했는데, 그녀의 집착과 의심에 하루하루가 속박처럼 여겨져 내게 돌아온 것이다.

나는 우산을 꼿꼿이 든 채로 그의 눈을 뚫어지게 바라보았다. 내가 진짜 이 사람을 사랑했었나? 잘 기억이 나지 않았다. 그런 내 메마른 표정을 견딜 수 없었던 그는 결국 길바닥에 주저앉아 오열하기 시작했다. 그의 온몸이 비에 젖기 시작했다. 그의 처연한 울음소리가 골목을 한가득 메워 나가고 있었다. 그럼에도 불구하고 나는 아무런 기분도 들지 않았다.

이튿날 아침 서점에 출근하자마자 매장 한 켠에서 책을 진열 중이던 사장님이 제일 먼저 눈에 들어왔다. 바로 그 순간 정확한 내 마음을 깨달아 버렸다. 나는 우리 사장님을 좋아하고 있었다. 언제부터였을까? 그가 내게 우산을 건넸을 때? 아니면 책꽂이 앞에서 넘어질 뻔한 순간 날 붙잡아 주었을 때? 그것도 아니면 설마 내게 에세이집을 건넨 그 순간부터?

누군가를 좋아하는 감정의 양은 그대로인데, 그 대상이 사라져 버리자 방향을 잃은 감정이 마치 스스로 그 타깃을 결정해 버린 것만 같았다. 전 남자 친구와는 계절의 흐름과 함께 차곡차곡 감정을 쌓아 나갔던 것 같은데, 지금 사장님을 향한 나의 감정은 결코 그와 함께한 시간과 비례하지 않았다.

한 번 상대를 의식하기 시작하면 더 이상은 예전과 같이 대할 수 없게 된다. 표정과 행동이 부자연스러워지고, 모든 감각이 그에게 집중되기 때문이다. 아마 사장님도 눈치를 챘을 것이다. 내가 자신을 좋아

감정을 파는 소년

한다는 걸. 하지만 사장님 역시 내게 마음이 전혀 없는 것은 아니었다. 나는 그것을 직감적으로 확신하고 있었다. 게다가 그는 나에 관한 것이라면 아주 사소한 것이라도 뭐든지 기억했다가 보란 듯이 내 앞에 펼쳐 놓곤 했다.

"어? 이 노래……. 저 이 노래 좋아해요!"

"알아요."

규모가 작은 서점에선 보통 음악을 틀지 않지만, 손님이 전부 빠져나간 마감 무렵엔 종종 사장님 개인 핸드폰을 블루투스에 연결한 뒤 잔잔한 음악을 틀기도 했다. 처음에는 대부분 클래식한 음악들이었는데, 언젠가부터 내가 좋아하는 인디밴드의 노래가 한 곡, 두 곡 흘러나오기 시작했다. 그렇게 사장님의 플레이 리스트에 나의 취향이 조금씩 스며들고 있었다. 나는 바로 그런 사소한 것들이 사장님만의 언어라고 생각했다. 마치 '나는 언제나 지은 씨에게 집중하고 있어요.'라고 음악으로 대신 말해 주는 것 같았다.

"오빠, 주말에 내 친구랑 소개팅하기로 했던 거 잊은 건 아니지?"

"종각역이라고 했나?"

"맞아, 종각역 3번 출구. 7시."

여동생과의 대화를 우연히 들었던 그 순간의 내 표정이 어땠는지 잘 기억이 나지 않는다. 남모를 수치심에 혼자 얼굴이 붉어져 부랴부랴 퇴근을 했고, 집으로 돌아오자마자 이불 속으로 들어가 웅크린 채 발만 동동 굴렸다.

소개팅에 나간다고 무조건 사귀는 건 아니니까. 어쩌면 어머니 간병을 도맡고 있는 여동생의 부탁이라 거절하지 못한 건 아닐까? 사장님도 분명 나를 좋아하고 있다고 확신했는데, 그간 날 향했던 그 모든 눈길과 시선이 전부 나만의 착각이었던 걸까? 아냐, 그럴 리가 없잖아!

한 공간에서 일하는 동안 사장님의 행동, 손짓, 눈빛, 심지어 그의 숨결까지도 전부 나를 향해 있었다. 그것은 절대 혼자만의 착각 같은 게 아니었다. 그런데 사장님은 도대체 왜 소개팅을 나가는 거지? 정말로 그동안 나 혼자 그 사람을 좋아했던 거라고?

"지은 씨, 이 책 한번 읽어 볼래요?"

이튿날 사장님은 너무나 태연하게 또다시 내게 책 한 권을 건넸다. 처음 책을 받았을 때는 아무런 생각이 없었는데, 두 번째 책을 받았을 때는 배신감이 치밀어 올랐다. 별 뜻도 없는 사장님의 이런 습관적 행위에 나는 오만 가지 의미를 부여했던 것이다.

"사장님, 주말에 소개팅하실 거예요?"

나는 그에게 돌려 말하지 않고 직설적으로 물어보았다.

"아, 들었어요? 여동생이 언제 결혼할 거냐고 하도 성화를 부려서요."

"저는 사장님도 저와 같은 마음일 거라고 생각했어요."

"지은 씨, 그게 무슨 말이에요?"

나는 눈물이 그렁그렁한 상태로 사장님의 눈을 똑바로 쳐다보았다. 그대로 눈을 깜빡이자 굵은 눈물이 양 볼을 타고 주르륵 흘러내리기 시작했다.

"지은 씨, 아마도 제가 그동안 지은 씨를 오해하게 행동했나 보네요. 정말 미안해요."

"오해라고요? 그게 다 제 오해였다고요?"

"이런 지은 씨 마음도 모르고······. 제가 지은 씨를 헷갈리게 했을 거라곤 생각도 못했어요."

"전 헷갈리지 않았어요!"

"설마 이런 일로 아르바이트를 그만둘 생각은 아니죠?"

"사장님은 지금 그게 중요해요?"

나는 그가 건넨 책을 매대에 집어던지며 가게를 뛰쳐나왔다.

"그러니까 아르바이트하는 곳 사장님을 사랑하는 마음을 우리더러 매입해 달라는 거잖아요?"

이야기를 들은 민성은 확인 차원에서 다시 한 번 시니컬한 목소리로 물었다.

"분명 서로 감정이 있었다고 생각했는데, 그 사람은 그게 전부 제 착각이래요."

"예, 알겠어요. 일단 저한테 손 좀 내밀어 주시겠어요?"

민성은 손님의 두 손을 맞잡은 다음 눈을 감았다. 정우는 옆에서 그 모습을 말없이 바라보고 있었다. 여자의 손을 잡은 민성은 그녀의 마음 속 사랑을 감정하기 시작했다. 어디서부터 어디까지 추출해야 하는지,

그녀의 사랑이 얼마나 깊게 박혀 있는지를 판단해야 정확한 매입을 할 수 있기 때문이다.

그렇게 손님의 사랑을 한참 들여다보던 민성은 이내 곧 감정을 마친 듯 눈을 뜨며 손님의 손을 내려놓았다. 그리고 정우를 향해 말없이 짧게 고개를 끄덕였다. 매입승인이 떨어진 것이다.

"손님, 마지막으로 한 번만 더 물을게요. 이 감정, 정말 우리한테 파실 건가요?"

정우는 절차상 손님에게 한 번 더 물었다. 감정 거래는 매매 계약서가 따로 없다 보니 나중에 말을 바꾸면 피곤해지기 때문이다.

"네, 팔고 싶어요."

"그럼 저희가 이 가격에 손님의 사랑을 매입하겠습니다."

정우가 계산기에 금액을 찍어 손님에게 보여 주었다. 여자는 금액 따위야 상관없으니 부디 지금 당장 이 감정을 도려내 달라며 민성에게 매입을 재촉했다. 민성은 바테이블 너머의 키보다 살짝 낮은 미닫이문을 열고 창고로 들어가 플라스틱 통 하나를 꺼내 왔다. 그러고는 통의 뚜껑을 열어 손님의 왼쪽 옆에 두었다. 다시 한 번 손님의 두 손을 맞잡은 민성은 이번에도 눈을 감은 뒤 손님 안에 있는 사랑의 위치를 확인했다. 곧 손님의 손바닥 안으로 그녀의 사랑이 추출되었다.

민성은 손바닥으로 추출된 감정을 조심스럽게 플라스틱 통에 옮겨 담았다. 추출한 감정은 기체인지 액체인지 구별할 수 없는 형태였으며 빛깔 또한 굉장히 오묘했다.

"끝났습니다."

플라스틱 통에 감정을 담은 뒤 뚜껑을 덮은 민성은 마치 그것을 피클 통처럼 무성의하게 다루며 다시 안쪽 창고로 가지고 들어갔다.

"이게 끝이에요? 아무런 변화도 안 느껴지는데요?"

"저희는 기억에 손을 대는 게 아니거든요. 감정만 매입하기 때문에 당장 어떤 변화가 느껴지지는 않으실 거예요."

민성 대신 정우가 친절하게 설명했다. 곧이어 덧붙여 말했다.

"아마 그분을 직면했을 때 확실히 깨닫게 되실 거예요."

집으로 돌아오는 길, 편의점에 들러 맥주 한 캔을 구입했다.

'당장 내일부터 쉬어도 되는 건가?', '마지막 근무일까지 월급은 똑바로 챙겨 주겠지?' 이런저런 생각을 하면서 걷다 보니 어느새 내가 사는 아파트 단지 근처에 도착한 것이다. 그런데 아파트 단지에 한 걸음씩 다가갈수록 웬 익숙한 실루엣이 눈에 띄기 시작했다. 그 실루엣은 다름 아닌 사장님이었고, 순간 나는 '저 사람이 여기에 왜 있지?'라고 생각했다.

"지은 씨……."

그가 내 이름을 부르자 그제야 서점에서 언성 높여 다퉜던 것이 떠올랐다. 불과 반나절 전의 일이었음에도 불구하고 그 기억은 굉장히 멀고 아득하게 느껴졌다. 동시에 마치 식욕억제제를 복용한 다이어터처럼 감정만 깡그리 비워 버린 느낌이 들었다. 그것은 빗속에서 전 남자 친구에게 느꼈던 기분과는 어딘가 달랐다. 그때는 새로운 사랑에 지난 감정이 탁해진 것이었다면, 지금은 그냥 그에 대한 감정 자체가 세상에서 사라진 기분이었다. 아까 직원이 말했던 게 이런 거였나?

"사장님이 여기까지 웬일이세요? 저희 집은 어떻게 아셨어요?"

"이력서 보고 찾아왔어요. 지은 씨, 잠깐 나랑 얘기 좀 해요······."

반나절 전까지만 해도 내가 그토록 갈망했던 사람이 우리 집 앞에서 내 이름을 저렇게 애타게 부르고 있는데, 나는 어쩐지 그가 너무나 귀찮게 여겨졌다. 그의 애절한 부름보다 내 몸의 피곤이 더 절실하게 느껴졌고, 일단은 이 사람을 돌려보낸 뒤 집으로 들어가자마자 침대에 드러누워야겠다고 생각했다. 동시에 내 손에 들려 있는 편의점 봉투의 맥주 한 캔이 지금 당장 내 눈앞의 이 사람보다 훨씬 값어치 있게 느껴졌다.

"지은 씨, 아까는 제가 솔직하지 못했어요. 사실은 저도 지은 씨한테 호감이 있었어요."

지난밤 이불 속에서 빌고 또 빌었던 것 같다. 부디 사장님도 나와 같은 마음이기를. 소개팅 따위는 단호하게 거절해 버리고 나에게 오기를. 불과 어제까지만 해도 그런 생각을 했었는데······. 심지어 날 향한 그의 눈빛은 전보다 더 강렬했고, 자신의 감정을 솔직하게 인정해 버린 그의 시선은 날 갖지 못해 안달이 나 있었다. 그럼에도 불구하고 지금 내 앞에 서 있는 사장님의 감정은 마치 어떤 찌꺼기처럼 지저분하게 느껴졌다. 순간 소름이 확 끼쳤다.

감정을 파는 소년

"다시는 연락하지 마세요."

나는 차갑게 돌아서며 말했다. 그리고 집으로 돌아와 시원한 맥주를 들이켰다. 내일은 오랜만에 늦잠을 잘 예정이라 알람은 맞추지 않아도 될 것 같았다.

"우리가 쓸모없는 감정을 매입해 줬으니 앞으로는 잘 살겠지?"

손님이 돌아간 바테이블을 마른행주로 닦던 정우가 혼잣말인 양 민성에게 물었다. 아마도 정우는 좋은 일을 했다고 생각하는 것 같았다.

"세상에 쓸모없는 감정이 어디 있어. 저 여자는 나중에 어떤 형태로든 부작용을 겪게 될 거야. 어쩌면 벌써 소중한 무언가를 놓쳤을 수도 있고."

"야, 그렇게 생각할 거면 넌 도대체 이 장사 왜 하냐?"

"그건……."

그때 두 사람의 대화에 끼어들 듯 출입문 열리는 소리가 들렸다.

"저기요, 여기가……."

늦은 밤, 두 번째 손님이 들어왔다.

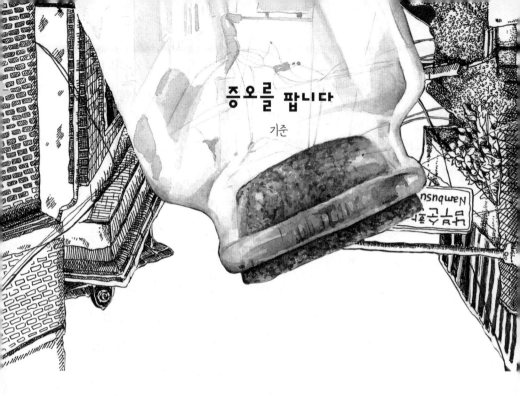

증오를 팝니다

기준

어렸을 때부터 아빠는 늘 술에 절어 있었어. 술에 취해 집으로 돌아온 날이면 어김없이 누나와 날 밤새 때렸지. 누나는 항상 내가 한 대라도 덜 맞을 수 있도록 온몸으로 날 감쌌어.

엄마는 중학교 때 돌아가셨고, 곧 새엄마가 생겼어. 하지만 새엄마는 자신이 데려온 친자식과 우리 남매를 철저하게 차별했지. 그녀는 주로 먹을 걸로 우리를 차별하곤 했는데 동생에게는 갓 지은 밥을, 우리 남매에게는 쉰밥을 주곤 했거든. 그렇게 상한 음식을 먹은 누나는 수시로 탈이 났지. 하지만 그 여자는 단 한 번도 누나를 병원에 데려가지 않았어. 몇 날 며칠 배앓이를 해도 동네 약국에서 대충 처방받은 약봉투를 던져 주는 게 다였어. 아빠는 그런 사실을 알면서도 우리 남매

감정을 파는 소년

를 외면했지.

누나는 생리대를 사지 못해서 천 쪼가리를 빨아서 쓰곤 했어. 나는 구멍 난 양말을 꿰매는 게 지겨워 그냥 맨발로 다니기 시작했고. 우리 남매는 중학교에 입학할 때도 고등학교에 입학할 때도 저소득층 자녀에게 학교 측에서 무상으로 제공하는 졸업한 선배들 교복을 물려 입어야 했지. 우리 집에선 유일하게 동생만이 새 교복을 입고 중학교에 입학을 했어.

중학교 무상급식이 시행되면서 나는 그나마 평일 점심만이라도 인간답게 먹을 수 있었지만, 고등학생이었던 누나는 급식비를 내지 못해 점심조차 제대로 먹지 못했어. 결국 학창 시절 누나가 먹을 수 있었던 유일한 끼니는 새엄마의 차별 가득한 쉰밥이 전부였지.

아빠는 재혼을 한 뒤에도 술을 마신 날에는 여전히 우리 남매를 때렸지만, 동생에게는 손찌검을 하지 않았어. 그런 걸 보면 아무리 만취 상태의 인사불성이 되어도 인간으로서 최소한의 인지 능력은 있었던 것 같아. 누나와 내가 몇 살부터 맞았는지는 잘 기억이 나지 않지만 언제까지 맞았는지는 정확히 기억 나. 고등학생이 된 이후로 내 키가 아빠의 키를 넘기자 그는 더 이상 우리에게 폭력을 휘두르지 못했어. 물론 이후로도 술에 취에 집으로 돌아오면 물건들을 집어던지며 가족들을 위협하곤 했지만, 그래도 내가 나서면 상황을 금방 제압할 수 있었어. 그보다 일단은 누나만 때리지 않으면 나 역시 굳이 아빠를 상대하지 않았거든.

그렇게 평생을 술에 절어 살던 아빠의 간은 결국 제 수명을 다하지 못한 채 망가져 버렸고, 그래도 부모라고 누나는 자신의 간을 아빠에게 이식해 줬어. 나는 그딴 인간 죽어 버리게 두라고 누나를 뜯어말렸지만, 누나는 내 말을 듣지 않았지.

아빠가 수술하는 동안 새엄마는 웬 깡패랑 눈이 맞아 전 재산을 들고 집을 나가 버렸어. 새엄마가 버리고 간 동생은 학교에서 하루가 멀다 하고 싸움질을 해 대서 매번 누나가 아빠 대신 학교로 불려 가곤 했어. 난 엄마가 살아 계셨을 때도, 아빠가 재혼을 한 뒤에도 저 사람이 부모 노릇을 하는 것을 단 한 번도 본 적이 없었어. 이럴 거면 도대체 우리를 왜 낳았냐고 따지고 싶었던 적이 한두 번이 아니었지만, 말이 통할 상대가 아니었기에 그 말은 늘 내 입안으로 삼켜 버리곤 했지.

고등학교를 졸업한 뒤 성인이 되어서도 도저히 아빠를 이해할 수 없었어. 왜 저렇게 매일 술을 마시는지, 왜 그렇게 종일 우리를 때렸는지를 말이야.

"기준아, 아빠 너무 미워하지 마."

누나는 종종 그런 나의 생각을 읽기라도 한 것처럼 식사를 마친 뒤 설거지를 하는 등 뒤로 저런 말을 던지곤 했어. 하지만 나는 저 인간과 나의 피가 이어져 있다는 사실마저도 끔찍했어. 마치 내 안에 더러운 피가 흐르고 있는 것 같았어.

"누나는 언제까지 이렇게 살 거야? 저런 인간한테 간 이식해 주고, 부작용 때문에 평생 고생하잖아! 심지어 저 인간, 누나한테 간 이식받

감정을 파는 소년

고도 계속 술 처먹으면서 산다고!"

"그래도……. 우리 아빠잖아……."

"저런 부모는 차라리 없는 게 나아!"

매번 누나와 언성을 높이며 싸운 뒤 집을 뛰쳐나오기 일쑤였어. 새엄마가 집을 나간 뒤 변변한 직업이 없었던 아빠는 공사판과 도박판을 전전하며 몇 달에 한 번씩 집으로 돌아왔어. 그런데 하필 누나와 언성 높여 싸우고 집을 비운 날, 그 인간이 돌아올 줄은 몰랐지. 동네를 배회하다 집으로 돌아왔을 때 누나의 애원하는 목소리가 담벼락 밖까지 들려왔어.

"아빠, 그 돈은 안돼요……. 제발……. 그 돈은 기준이 등록금이란 말이에요……."

"내 놔! 이 빌어먹을 년이……."

"아빠, 제발요……. 제발……."

나는 대문을 박차고 들어가 아빠를 밀쳤어. 이미 만취 상태였던 아빠는 그대로 마당에 나동그라지더라. 고등학교를 졸업하자마자 가장이 된 누나는 악착같이 돈을 벌어서 전부 가족을 위해 썼어. 아빠라는 인간은 이미 간 이식으로 누나의 돈을 착취할 만큼 착취한 걸론 부족했는지, 도박판에서 돈을 잃을 때마다 누나가 번 돈을 빼앗기 위해 집으로 돌아왔던 거였어.

"나가요. 그리고 다시는 오지 마세요."

나는 마당에 고꾸라진 아빠를 내려다보며 목소리를 깔고 말했어. 자신의 덩치를 훌쩍 넘긴 아들의 고압적인 태도에 위축된 그는 비틀거리며 일어나 집을 떠나더라. 나는 그날 밤 누나에게 대도시로 이사를 가자고 설득했어. 사람이 많은 곳에 살면 오히려 아빠가 우리를 찾아낼 수 없을 것이라 생각했던 것 같아.

지긋지긋한 동네를 떠나면서도 우리 남매와 피 한 방울 섞이지 않은 동생 태준을 함께 데려간 건, 호적상의 연결 고리는 사라졌지만 그 역시 나름의 기구한 삶으로 인해 남 같지가 않았거든.

사실 태준은 고등학교 졸업을 못 할 뻔했어. 엄마라는 사람이 깡패와 눈이 맞아 자신을 버리고 집을 나가 버리자 동생은 걷잡을 수 없이 삐뚤어지기 시작했거든. 그렇게 불량한 친구들과 어울려 놀다 학교에서 정학을 당하자 하루는 보다 못한 누나가 태준 이의 귀싸대기를 때리며 악을 쓴 거야. 누나의 그런 모습을 본 건 나도 처음이자 마지막이었어.

"너 진짜 정신 안 차릴 거야? 언제까지 불량한 친구들이랑 어울릴 생각인데!"

"때렸어? 누나가 뭔데 날 때려!"

"네 누나잖아!"

어렸을 때부터 친모의 비틀린 사랑과 새아버지의 외면 속에 자랐던 태준은 그날 처음으로 누군가 자신을 진정으로 아끼고 사랑해 준다는 느낌을 받았대. 이후 정신을 차린 뒤 복학을 했고, 무사히 졸업을 했지. 다행히 계부의 추태는 더 이상 태준을 방황하게 만들지 않았어.

태준은 마치 친누나 그 이상으로 누나를 따르기 시작했어. 그렇게 누나를 끔찍이 여기는 모습을 보니 나 역시 그제야 태준을 진짜 가족으로 받아들일 수 있었어.

사실 친모가 대놓고 우리 남매와 자신을 차별하는 동안 태준 역시 마음이 편치 않았을 거야. 녀석은 철부지 어린 시절에도 친모의 편애를 등에 업고 차별당하는 우리를 아래로 보거나 골리지 않았어.

나중에 알게 되었지만, 학교에서 급식을 먹지 못해 항상 배곯던 누나에게 태준은 엄마가 자신에게만 사 줬던 간식을 몰래 숨겨서 가끔씩 주곤 했대. 무상급식 덕인지, 그냥 단순 성장기여서일 뿐이었는지는 알 수 없는 이유로 그 무렵 점점 덩치가 커져 가는 형한테는 딱히 나눠 줄 필요를 느끼지 못했다나. 그래서 그 사실을 나만 몰랐던 거야.

낯선 도시로 터를 옮긴 우리 삼남매는 서로를 의지하며 조금씩 자리를 잡아 갔어. 나는 휴학계를 낸 뒤 택배 일을 시작했고, 고등학교를 갓 졸업한 동생은 배달 일을, 누나는 공장 일을 하게 되었어. 남들 보기엔 친남매와 다름없는 진한 형제애를 과시하며 새로운 곳에서 두 번의 사계절을 보냈지. 그러던 어느 날 배달을 다녀오던 동생이 졸음운전 차량과 접촉 사고가 났다는 전화를 받고 경찰서로 달려간 적이 있었어.

다행히 큰 사고는 아니었으나 왼쪽 발목 인대가 늘어나 2주가량 입원이 필요한 상황이었어. 그런데 태준이 누나한테는 절대로 말하지 말아 달라며 간절히 사정을 하는 통에 졸지에 나 혼자 누나 몰래 병원을 드나들며 간병을 도맡아야 했어. 누나한테는 태준이 가게 사람들과 부산으로 놀러 갔다고 둘러대었으나 곧 들키고 말았지. 닫혀 있을 가게가 영업 중인 걸 보고 의아하게 생각한 누나가 가게 사장님께 직접 영문을 여쭤본 거야.

"어떻게 막내가 사고 난 걸 숨길 수가 있어!"

"태준이가 말하지 말라고 했단 말이야…… 누나 걱정한다고……"

"아무리 그래도 숨길 게 따로 있지!"

"그냥 인대 좀 늘어난 거야. 별거 아니야. 이 새끼 이거 이래 봬도 완전 통뼈라니까?"

"누나…… 미안해. 누나가 걱정할까 봐 기준이 형한테는 내가 말하지 말아 달라고 부탁했어. 진짜야. 둘이 싸우지 마."

인대 때문에 깁스를 하긴 했지만 호흡기를 달 정도의 사고도 아니었고, 솔직히 말하자면 입원하는 동안 둘이서 PC방도 다녀오고 병실에서 간호사 몰래 맥주도 엄청 까 마셨거든. 사실이 그러하다 보니 태준도 누나의 격한 걱정이 많이 민망했던 모양이야. 결국 그날 밤 우리 삼남매는 태준의 병실에서 다 같이 다리 깁스에 낙서를 한 뒤 그곳에서 잠이 들었어.

며칠 뒤 태준은 퇴원했고, 삼남매는 다시 일상으로 돌아왔어. 여전히 각자의 직장에서 열심히 일했고, 매일 아침과 저녁을 함께 먹었지.

"누나, 오늘도 야근해?"

"이번 달은 잔업이 좀 많네…… 대신 야근 수당 나오니까 그걸로 우리 기준이, 태준이 옷 한 벌씩 사 줘야겠다."

"됐어…….뭐 하러…….."

"오예~ 누나! 오늘은 내가 데리러 갈게!"

누나의 건강과 맞바꾼 잔업 수당으로 옷을 사 준다는 말에 태준은 신이 난 듯했어. 그런 동생 태준이의 철없음이 한심하게 느껴지면서도 동시에 차라리 막내답다는 생각이 들었어. 누나와 나, 두 남매만 남았더라면 어쩌면 삶이 굉장히 팍팍했을지도 몰라. 태준은 막내로서의 역할을 충실히 해내고 있었어.

누나가 다니던 공장은 대기업의 하청 업체였는데, 무리해서 납품 일정을 맞추다 보니 야간 잔업이 너무 잦았어. 누나가 잔업으로 인해 야근을 할 때면 항상 나와 태준이가 번갈아 누나를 데리러 가곤 했어. 내가 데리러 가면 택배 차로, 태준이 데리러 가면 오토바이로 누나를 태워 왔지. 누나의 공장은 시내에서 벗어난 좀 외진 도시 외곽에 있었는데, 다행히 차로 데리러 가면 10~15분 정도밖에 안 걸리는 곳이었어.

하루는 누나의 공장 작업 라인이 펑크가 나면서 사전에 고지되지 않은 잔업을 하게 되었어. 거기까지는 흔한 일이었지. 문제는 그날따라 하필 동생들에게 폐 끼치기 싫었던 누나가 밤길에 혼자 집으로 돌아오다 그만 뺑소니를 당해 버린 거야.

장례식장에는 누나와 가깝게 지내던 공장 사람들 몇 명과 그나마 연락이 닿은 친척들이 전부였어. 친구 하나 없었던 누나의 장례식에는 조문객보다 장례식장 직원들이 더 많아 보일 정도였어. 나와 태준은 넋을 놓은 채 누나의 영정 사진 옆에 앉아 있었어. 누나가 죽었다는 게

실감이 나지 않았어. 바로 어제까지만 해도 누나는 웃으면서 삼남매의
아침밥을 차려 줬거든.

건너 건너 소식을 알게 된 아빠가 장례식장에 나타났어. 급하게 온
것인지, 아니면 옷이 그것뿐인지 알 길 없는 해진 카키색 항공 점퍼를
입고 나타난 아빠는 장례식장 구석 테이블에 앉아 말없이 소주만 들이
키더라. 문득 그런 생각이 들었어. 저 인간도 부모는 부모인가 보네. 나
는 한참을 외면하다 동생에게 잠시 상주를 맡긴 뒤 아빠의 맞은편에
앉았어.

"어떻게 지내셨어요?"

"나야 뭐……. 그냥저냥……."

"……."

하얀색 덮개가 덮인 테이블을 가운데 두고 처음으로 서로를 마주 보
고 앉은 우리 부자는 한동안 아무 말도 하지 않았어. 할 말도 없었고,
서로의 안부 따위 애당초 궁금하지도 않았으니까. 누나만 아니었어도
아마 진즉에 끊어 내 버렸을 지긋지긋한 인연. 그 이상도 이하도 아니
었어. 아빠라는 존재는.

"저기 말이다."

"……."

"혹시 니 누나 보험 같은 건 따로 들어 놓은 거 없겠지?"

나는 순간 멍해졌다가 곧 그의 면상에 주먹을 꽂아 버렸어. 상주를
보던 태준이가 달려와 나를 말리려 했으나 나는 이미 그 인간의 배 위

감정을 파는 소년

에 올라타 사정없이 주먹을 휘두르고 있었어. 이놈은 인간도 아니야. 나는 지금 내 밑에 깔린 짐승을 패는 중이야…….

"형……. 형……. 그만해!"

피떡이 된 아빠로부터 나를 떼어 낸 태준은 떨리는 손으로 나를 꽉 붙잡으며 말했어.

"형……. 형마저 어떻게 되면 나는 진짜 세상에 혼자란 말이야……. 제발……."

순간 정신이 번쩍 든 나는 그 인간의 멱살을 잡아 누나의 빈소 밖으로 끌고 나갔어. 조문 온 사람들이 힐끗거렸으나 나는 그런 것 따윈 아랑곳하지 않았어.

"그래도 딸인데……. 간까지 떼어 준 딸인데!"

장례식장이 떠나갈 정도로 그에게 악을 쓰며 말했어. 내 안에 크기를 가늠할 수 없는 분노와 증오가 치밀어 오르는 게 느껴졌어. 이대로는 아빠를 어떻게 해 버릴 것 같았어. 이 모든 불행의 시작이 전부 아빠로부터 온 것만 같았거든.

누나는 다정한 사람이었어. 항상 자신보다 가족을 먼저 생각했지. 그리고 너무나 안타깝게도 그런 누나의 다정함은 아빠를 끊어 내지 못했어. 누나는 자신의 장례식장에서조차 보험금부터 먼저 떠올리는 인간에게 그저 부모라는 이유 하나만으로 평생을 휘둘려 살았어. 피가 이어진 친자식이 죽었는데도 눈물 한 방울을 흘리기는커녕, 그 인간에게 누나의 죽음은 그저 통장의 동그라미였던 거야.

발인을 마친 뒤로도 도저히 잠을 이룰 수 없었어. 내 안의 증오가 무럭무럭 자라 날 삼켜 버릴 것만 같더라. 단 하루라도 술 없이는 버틸 수가 없었고, 태준은 그럴 날 보며 어린아이처럼 펑펑 울었어.

문득 생각해 보니 동생의 인생은 버려짐의 연속이었어. 어린 시절 친부에게 버림받고, 학창 시절 엄마마저 자신을 버렸지. 계부는 집을 나갔고, 자신을 친동생처럼 아껴 주던 의붓누나는 자기만 남겨 둔 채 훌쩍 세상을 떠나 버렸지. 태준에게 나는 그의 마지막 남은 가족이었어. 그런 내가 하루하루 무너져 가는 모습이 태준에게는 전쟁과도 같은 공포였겠지.

그런 동생을 보며 어떻게든 정신을 차려야겠다고 생각했으나, 마음이 뜻대로 되지 않았어. 증오라는 것이 마치 암세포처럼 내 안에서 조금씩 나를 좀먹고 있었어.

늦은 밤 가게로 남자 손님 한 분이 들어왔다. 너저분한 정장 차림의 그는 온몸으로 술 냄새를 풍기고 있었다. 며칠이나 면도를 못했는지 가늠할 수 없을 만큼 덥수룩한 그의 수염은 얼굴의 절반을 뒤덮고 있었다.

"아빠에 대한 증오를 팔 수 있을까요?"

"죄송합니다만, 저희는 매입했던 감정을 되파는 사람들인지라……. 증오를 누가 필요로 하겠어요. 게다가 우리 엔지니어는……."

곤란하다는 듯 난감한 표정으로 정우가 말했다. 그때 민성이 정우의 말을 끊으며 대답했다.

"물론이죠. 값도 후하게 쳐 드릴게요."

"야, 무슨 소릴 하는 거야!"

당황하는 정우를 무시한 채 민성은 남자의 손을 잡았다. 민성은 차분하게 남자의 증오를 감정했다. 꽤나 뿌리가 깊은 증오였다. 게다가 여러 복잡 미묘한 감정들이 얽혀 있어서 이 감정을 전부 매입해 버리면 남자의 다른 감정이 훼손될 수 있었다.

"현재 보유하고 계신 증오 전량을 매입해 드리기는 어려울 것 같아요. 다만 일상생활이 가능할 정도의 일부 증오만 남기고 매입해도 좀 진정이 되실 것 같은데……."

"최대한 많이 걷어 내 주세요. 부탁드릴게요."

민성은 손님에게 고개를 한 번 끄덕인 뒤 미닫이문 뒤 창고로 들어가 얼음 바스켓과 뚜껑이 오픈된 캔 하나를 가져왔다.

"그럼 시작하겠습니다."

손님의 두 손을 모아 오므리게 한 다음 민성이 그의 손등을 감쌌다. 아버지를 향한 남자의 증오는 평생에 걸쳐 켜켜이 쌓인 감정이었기 때문에 추출이 조금 까다로웠다. 하지만 민성은 그의 다른 감정이 훼손되지 않도록 신중하게 감정을 추출했다. 증폭된 증오에는 그만큼 깊어진 남매간의 우애가 얼기설기 섞여 있어 특히 조심해야 했다. 폭력에 시달리는 동안 파생된 삶에 대한 애착은 최대한 건들지 않았다. 곧 남자의 손바닥으로 증오가 추출되었다. 그것은 꾸덕꾸덕한 한천의 형태에 색은 어둡고 탁했지만, 표면이 매끄러워 천장의 형광등 빛을 반사하고 있었다.

민성은 남자의 손바닥으로 추출된 증오를 캔으로 옮겨 담았다. 증오를 처음 본 정우는 어쩐지 께름칙하다는 듯 바테이블에서 한 걸음 물러났다. 민성은 아랑곳하지 않고 캔에 마개를 씌운 뒤 그것을 얼음 바스켓에 넣었다.

"여전히 아버지가 증오스럽겠지만, 스스로를 해칠 수준은 아니니 걱정하지 않으셔도 돼요. 귀한 감정이라 값은 넉넉히 쳐 드렸습니다."

"감사합니다. 하나 남은 동생을 위해서라도……. 제가 정신을 차려야 하거든요……. 정말 감사합니다!"

순식간에 안색이 맑아진 그는 자리에서 일어나 민성과 정우에게 90도로 허리를 숙여 가며 번갈아 인사했다. 곧 그는 가게에 들어설 때와는 전혀 다른 얼굴로 가게를 나섰다. 가게를 떠나는 그의 뒷모습을 물끄러미 바라보던 정우는 손님이 시야에서 사라지자마자 민성에게 소리쳤다.

"미친 거야? 아니 도대체 왜 그딴 쓸모없는 감정에 그런 값을 지불해?"

"내가 말했지. 세상에 쓸모없는 감정은 없다고."

"이따위 걸 누구한테 팔 건데?"

민성은 고객 명부를 뒤져 전화를 걸기 시작했다.

"여보세요? 늦은 시간이지만, 혹시 오늘 가게로 오실 수 있으세요? 예. 예. 알겠습니다."

감정을 파는 소년

누군가와 전화를 마친 민성은 이제야 허기가 느껴졌는지 배달 음식 전단지를 뒤지기 시작했다.

"저녁 뭐 먹을래?"

불과 10분 전까지 중오를 만지던 녀석이 태연하게 저녁 메뉴를 고르는 모습에 정우는 기가 찼다. 하지만 이내 포기한 듯 별다른 핀잔 없이 그동안 모아 두었던 치킨 쿠폰을 꺼내 민성에게 건넸다.

"이거 한 장 모자란데?"

"그럴 리가 없는데?"

쿠폰 수를 확인한 민성은 정우가 다시 확인할 수 있도록 바테이블 위에 쿠폰을 2열로 줄 세웠다. 아니나 다를까 역시나 한 장이 부족했다. 정우는 쿠폰으로 주문하려던 치킨을 이제 와서 돈 내고 시키려니 어쩐지 아까운 기분이 들었다.

"오늘은 그냥 짜장면 먹자."

"마음대로 해. 어차피 형이 계산할 건데."

30분 뒤 짜장면이 도착하자 정우는 손님용 바체어에 앉았고, 민성은 바테이블 안쪽에서 정우를 마주 보고 선 채로 짜장면을 비볐다. 곧 가게 안에는 두 남자의 후루룩거리는 소리만 맴돌았다.

"그나저나 아까 누구한테 전화한 거야?"

다 먹은 짜장면 그릇을 정리하던 정우가 물었다.

"재희 씨. 곧 가게로 재희 씨가 올 거야."

"재희 씨? 동거 중인 남자 친구한테 매일 맞고 산다는 그분?"

정우는 정리한 그릇을 봉투에 담으며 의아하다는 듯 민성에게 되물었다.

"그때 재희 씨가 남자 친구랑 정말 헤어지고 싶다고, 본인의 사랑을 좀 매입해 달라고 사정사정했을 때 네가 돌려보내지 않았어?"

"그때는 재희 씨로부터 추출할 감정이 없었어."

"그게 무슨 소리야?"

정우는 민성이 하는 말을 도통 이해할 수가 없었다. 추출할 사랑이 없는데도 7년이나 맞고 살았다는 건 도무지 말이 되지 않았다. 정우가 짜장면 그릇을 내놓기 위해 가게 문을 열자 바로 앞에 웬 여자가 서 있었다. 그녀의 오른쪽 눈엔 피멍이, 왼쪽 입술은 세로로 찢어져 있었다. 여자는 정우를 지나쳐 가게로 들어오며 민성에게 말했다.

"지난번엔 엔지니어분이 추출할 사랑이 없다고 절 집으로 돌려보내셨잖아요. 그사이 전 또 이렇게 됐어요."

그녀가 자신의 얼굴에 난 피멍을 가리키며 말했다. 얼굴이 퉁퉁 부은 손님은 다름 아닌 재희 씨였다.

"손님은 남자 친구를 사랑하지 않아요. 그래서 저희가 사랑을 매입할 수 없었던 거구요."

"사랑하지도 않는데 저는 왜 그 사람을 떠나지 못하는 거죠?"

"그건 정 때문이에요. 정이라는 건 감정보다는 기억에 가까워요."

7년 동안 동고동락하며 모든 일상을 공유한 재희 씨의 남자 친구는 이미 그녀의 친구이자, 가족이었다. 그녀는 연인보다 가족과 친구를 잃

감정을 파는 소년

는 게 훨씬 더 두려웠던 것이다.

"하아……. 정이라……. 그 빌어먹을 정 때문에 그동안 제가 이렇게 살았던 거군요."

바체어에 앉은 재희 씨가 얼굴을 푹 숙인 채 흐느끼듯 어깨를 들썩이기 시작했다. 그릇을 내놓은 뒤 안으로 돌아온 정우는 익숙한 듯 티슈를 내밀었으나 그녀는 갑자기 고개를 쳐들며 큰 소리로 웃기 시작했다. 양옆으로 흘러내린 머리가 그녀의 얼굴을 완전히 가려 버리는 바람에 정우는 재희 씨가 울고 있다고 착각한 것이다. 그렇게 한참을 웃던 그녀의 흥분이 진정될 즈음 민성이 말했다.

"오늘 재희 씨한테 꼭 필요한 감정이 들어왔어요."

"매입이 아니라 판매인가요?"

"예, 대신 이 감정은 좀 비싸요. 하지만 확실하게 그 남자한테서 벗어날 수 있죠."

정우는 그제야 민성이 창고로 가져가지 않고 바테이블 그대로 둔 얼음 바스켓이 눈에 들어왔다.

"얼마든 살게요. 그 사람에게서 벗어날 수만 있다면, 얼마든 지불할게요."

민성은 다시 한 번 재희 씨의 두 손을 잡고 감정을 시작했다. 역시 그녀에게 사랑 같은 건 조금도 남아 있지 않았다. 혹여 조금이라도 사랑이 남아 있을 경우 증오를 잘못 사용하면 애증이 될 수 있으므로 민성은 증오를 팔기 전 그 부분을 신중하게 확인한 것이다.

확인을 마친 민성은 정우에게 눈짓으로 얼음 바스켓을 가리켰다. 정우는 손님 오른쪽으로 얼음 바스켓을 가져왔다. 민성은 얼음 바스켓에서 꺼낸 캔의 마개를 열어 재희 씨의 손바닥에 방금 전 추출한 증오를 쏟아 냈다.

"증오와 원망 중에 고민을 좀 했는데, 역시 재희 씨한테 필요한 감정은 증오겠더라고요. 원망은 자꾸 탓을 하게 되니까."

"다 끝난 건가요?"

"네. 이제 그 남자 집으로 돌아가서 짐 싸서 나오시면 돼요."

증오를 삽니다

재희

성준 씨가 처음부터 그랬던 것은 아니었다. 그도 처음엔 다정한 사람이었다. 우연히 지인들 모임에서 알게 된 그는 나보다 두 살이나 어렸던 터라 처음엔 전혀 이성으로 생각하지 않았다. 전문대를 나와 전역하자마자 개인 사업을 시작한 그는 당시 이미 직원을 여럿 거느린 작은 벤처 기업의 사장님이었다. 반면에 나는 그와 달리 평범한 회사원이었기에 우리는 처음에 서로 교류가 없었다.

나이에 비해 성숙한 모습과 주변 사람들에게 매너 있게 행동하는 것을 보면서 조금씩 그에게 호감이 생겼다. 좀 더 솔직히 말하자면 처음에는 그의 능력이 그를 더 빛나 보이게 하기도 했다. 고급 레스토랑에서 본인 회사의 법인 카드를 긁으며 연일 비싼 음식들을 사 주는데 혹하지 않기가 어려웠다. 우리는 곧 연인이 되었고, 성준 씨는 처음부터 내 이름을 불렀다.

"재희야, 난 너 누나라고 안 부를 거야."

"고작 두 살 차인데, 좋을 대로 해."

능력 있는 연하 남친이 생겼다는 소식을 들은 친구들은 부러움을 감추지 못했다. 전에는 엄두도 내지 못했던 한정판 가방과 구두를 척척 사 주는 그의 모습에 어쩐지 신분이 상승하는 기분마저 들었다. 나는 일상에 지칠 틈도 없이 계절마다 그와 함께 국내 및 해외로 여행을 다녔다. 고급 리조트에서 휴양을 하고, 값비싼 현지 음식들을 먹다 보면 어느새 일상의 스트레스 같은 건 싹 사라져 버렸다.

그러던 어느 날 갑자기 그는 내 인생의 동반자가 되고 싶다며 내게 회사를 그만둘 것을 권했다. 나 또한 어느 정도 예상했던 상황인지라 일말의 고민도 없이 다니던 회사에 사직서를 냈다. 곧 그와 살림을 합쳤고, 결혼식은 초호화 호텔에 수백 명의 하객들을 초대해서 성대하게 진행할 예정이었다.

"진짜 그 남자랑 결혼하는 거야?"

"응. 다들 내 결혼식 올 거지?"

"당연히 가야지! 네 덕에 호텔 코스 요리 먹겠네!"

"기집애, 완전 팔자 폈다야!"

나의 결혼 소식을 접한 많은 지인과 친구들이 호들갑을 떨며 축하를 해 줬다. 그도 그럴 것이 상대는 어엿한 회사를 운영하는 사장님이었으니 말이다. 드라마 속에서나 펼쳐질 법한 신데렐라 이야기는 다름 아닌 바로 내 이야기였다.

그의 회사는 특허받은 기술로 개발한 제품을 직접 생산해서 전국 대리점에 독점적으로 공급하는 일을 하고 있었는데, 결혼 이야기가 나오기 불과 몇 달 전 해외 자본이 유입된 경쟁 업체가 시장에 진출한다는 소문이 돌았다. 그동안 국내에 독점적으로 제품을 공급하던 성준 씨는 처음으로 등장한 경쟁 업체에 별다른 관심을 두지 않았다. 그러나 상대 업체는 성준 씨 회사의 제품보다 업그레이드된 제품을 훨씬 저렴한 값에 시장에 내놓았다. 곧 회사 사정이 급속도로 기울기 시작했다.

회사가 기울자 당장 눈앞에 닥친 결혼식이 문제였다. 이대로 결혼이 엎어질까 조바심이 났던 나로서는 신혼여행은 못 가더라도 결혼식만은 예정대로 치르길 원했지만, 성준 씨는 회사 상황이 나아지면 더 좋은 곳에서 하자며 나를 설득했다. 나는 결국 그의 뜻대로 할 수밖에 없었다.

하지만 회사 상태는 좀처럼 나아지지 않았고, 그는 결국 대표직에서 물러났다. 아마도 그 무렵 나도 직감했던 것 같다. 어쩌면 이 사람이 재기하지 못할 수도 있겠다고. 그럼에도 불구하고 나는 그를 떠나지 않았다. 궁지에 몰려 어깨가 처져 있는 그의 모습이 너무나 안쓰러웠기 때문이다. 결국 내가 다시 일을 시작해야 했다.

전에 다니던 직장에 복직을 희망했으나, 보란 듯이 내줬던 나의 자리는 이미 더 어리고 학벌 좋은 신입이 꿰찬 뒤였다. 당장 생활비를 벌어야 했던 나는 기존의 업계 경력을 포기하고 일반 사무 계약직으로 취직했다. 그동안 성준 씨는 어떻게든 회사를 되찾기 위해 인맥이란 인맥은 죄다 동원해 자금을 끌어 보려 했으나, 결국 회사는 파산해 버리고 말았다.

한동안은 출퇴근에 집안일까지 도맡아 정신이 없었다. 문득 지난날 그와 함께 누렸던 호사스러웠던 시간들이 점점 꿈같이 여겨졌다. 내가 지난여름에 세부에 갔었나? 주말마다 리츠호텔에서 먹었던 디너의 맛이 어땠지? 그 무렵의 나는 그러한 시간들이 영원할 줄로만 알았다. 당시의 성준 씨는 그대로 쭉 승승장구할 것만 같았고, 나는 더욱더 위로의 신분 상승은 기대했을지언정, 지금 같은 바닥은 상상조차 해 본 적이 없었다.

결혼이 미뤄졌을 때 이미 친구들 커뮤니티에서는 오만 소문이 돌기 시작했다. '실은 재희가 파혼 당한거래.', '아니래~ 남자 친구가 바람난 거라던데?', '남자 친구 회사 망해서 미룬 거 아니었어?' 등의 진실과 거짓이 골고루 섞인 소문이 돈 탓에 나는 더 이상 친구들과 연락을 할 수 없었다. "성준 씨는 바람 같은 거 피우지 않았어!"라는 나의 변명이 과연 그들에게 먹힐지도 자신이 없었고, 그보다 그의 지조를 항변하려다 그의 무능이 부각되는 건 더더욱 싫었다.

단순 서류 작업의 반복일지라도 매일 퇴근 후 집으로 돌아오면 어깨가 무거웠다. 그렇게 돌아온 집에는 늘 설거짓거리가 쌓여 있었고, 그런 싱크대를 볼 때면 나도 모르게 한숨이 절로 나왔다.

감정을 파는 소년

"성준아, 집에 있을 때 청소라도 좀 해 주면 안 될까?"

"……."

"성준아, 내 말 듣고 있어?"

"씨발 그만해."

"방금 뭐라고 했어?"

"씨발 그까짓 돈 좀 벌어 온다고 내가 우습지?"

"자기야, 그런 말이 아니잖아!"

그동안 사장님으로만 살았던 성준 씨는 회사의 파산으로 완전히 망가져 버렸다. 남에게 아쉬운 소리는 죽어도 하기 싫었던 그는 회사가 망한 뒤로 집 밖으로 나가지도 않았다. 비록 처음에는 그의 재력에 끌렸지만, 그 과정에서 진심으로 사랑하게 되었기에 나는 그가 가진 모든 걸 다 잃었을지라도 끝까지 그의 편이 되어 주고 싶었다. 한때는 결혼식을 미루네, 마네로 그에게 야속해하긴 했지만, 이제는 그와 함께 한집에 사는 것만으로 우리는 가족이나 다름없다고 생각했다. 그런 그가 점점 무너져 가는 모습이 처음에는 너무나 슬펐다. 내가, 다른 누구도 아닌 바로 내가 곁을 지키며 그를 돌봐야 한다고 생각했다.

가벼운 폭언으로 시작된 성준 씨의 분노는 곧 폭력으로 이어졌다. 처음 손찌검을 당했을 때는 정신이 번쩍 들어 이별을 고했는데, 곧바로 미안하다며 눈물을 쏟는 모습에 마음이 약해졌다. 요즘 너무 힘들다며, 점점 자존감은 떨어지고 이대로 영원히 재기하지 못할까 봐 두렵다는 호소에 또다시 연민이 들었다. 나는 이 남자가 마치 버려진 새

같았다. '자신을 도와주려는 사람의 손마저 경계하다 보니 그냥 손에 부리가 스친 걸 거야.' 정도로 그날의 상황을 합리화했다. 하지만 폭력을 한 번도 휘두르지 않은 사람은 있어도, 한 번만 휘두르는 사람은 없는 법이다. 그땐 미처 그 사실을 알지 못했다.

처음에는 귀싸대기 정도였는데, 어느새 주방 구석에서 짓밟히고 있었다. 이웃이 알까 봐 비명조차 지르지 못했고, 미안하다 잘못했다 비는 쪽은 내가 되어 있었다. 그해 여름, 나는 땡볕에도 민소매를 입지 못했다. 계속 맞다 보니 언젠가부터는 정말로 내가 잘못해서 맞는 것 같았다.

다행히 그가 늘 때리기만 했던 것은 아니었다. 어느 날은 사이좋게 배달 음식을 시켜 먹기도, 또 어느 날은 소파에 나란히 앉아 TV를 시청하기도 했다.

모임에서 처음 그를 만났을 때가 떠올랐다. 한없이 젠틀했고, 미소가 멋졌던 사람. 그의 배경을 알지 못했을 때도 훈훈한 그의 외모에 '딱 봐도 여자한테 인기 많게 생겼네.'라고 생각했었다. 지금 그의 모습에서는 상상조차 할 수 없지만 말이다.

사실 이제 와서 생각해 보니 처음에 내가 그를 남자로 보지 않았던 건 그가 연하라서가 아니라 그의 준수한 외모와 배경 때문이었던 것 같다. 대단한 재벌까지는 아니어도 나와는 다른 세상 사람이라고 생각했기에 스스로 호감을 차단했다.

반면 자신에게 먼저 다가와 환심을 사려는 여자들 속에서 그런 내가

감정을 파는 소년

그에게는 상당히 인상적이었던지, 결국 성준 씨가 먼저 내게 데이트 신청을 했다.

"재희 씨, 이번 주말에 뭐 해요?"

처음 데이트 신청을 받았을 땐 '재희야, 너무 큰 기대는 하지 말자. 지나가는 여자들 중에 하나일 뿐일 거야.'라며 스스로를 진정시켰다. 괜한 기대가 더 큰 실망을 가져올까 두려운 마음이 앞섰던 것이다. 지금 내 옆의 속옷 차림으로 캔 맥주나 홀짝이는 이 남자가 데이트 신청을 했더라면 응하지도 않았을 것이다. 하지만 나는 지금 이 모습의 그마저도 여전히 사랑했다.

한동안 손찌검이 없었기에 우리 관계가 개선되어 가고 있다고 생각했다. 그래서 조심스럽게 그에게 취직에 관한 이야기를 꺼내었다. 처음에는 묵묵히 내 얘기를 들어 주던 그가 갑자기 컵을 집어던졌다. 거실 벽에 부딪힌 컵은 산산조각이 났다.

"나더러 다른 사람 밑에서 일을 하란 말이야?"

"성준아, 지금 당장 회사를 차릴 수는 없는 거잖아……. 일단 경험 삼아 회사라도 다녀 보다가……."

"씨발, 지금 누구더러 이래라저래라야? 야, 야! 너 내가 우스워?"

"그만하자. 이 얘기 없던 걸로 해."

"씨발, 뭘 그만해!"

그는 말을 채 끝내기도 전에 내 머리채를 잡아 흔들기 시작했다. 나는 본능적으로 얼굴만큼은 맞지 않기 위해서 당장 쥐어뜯기고 있는 머리가 아닌 얼굴을 먼저 감쌌다. 언젠가부터 맞고 사는 게 창피한 것보다 사람들이 성준 씨를 손가락질하는 게 더 속이 상했다. '내가 먼저 잘못한 건데…….', '내가 좀 더 잘했더라면 그는 나를 때리지 않았을 텐데.'라고 생각했다.

한 해, 두 해, 그렇게 시간이 흘러 그를 만난 지 7년이 되었다. 7년이나 지났는데도 나는 여전히 그를 사랑했다. 내가 이렇게 맞고 산다는 사실을 알리고 싶지 않았던 나는 자연스레 가족들과 인연을 끊었고, 친구들마저 성준 씨를 경멸해 내게서 등을 돌렸다. 이제는 정말 나에게 성준 씨밖에 남지 않았다. 그는 나의 전부였다.

"너 때문에 내 인생이 이렇게 됐어……. 널 만난 이후로 내 인생이 엉망진창이 됐다고!!"

오랜만에 친구를 만나고 집으로 돌아온 그는 오자마자 또 소리를 지르기 시작했다. 친구와 도대체 무슨 대화를 나누었는지는 알 수 없었지만, 이제는 자신의 무능과 불행을 전부 내 탓으로 돌리고 있었다.

사실 그 오랜 시간 동안 내가 그를 벗어나지 못했던 건 나의 선택을 후회하고 싶지 않아서였다. 그의 데이트를 수락했던 것, 그의 회사가 기울어도 그의 곁을 지켰던 것, 그에게 맞으면서도 그를 떠나지 않았던 것. 나의 모든 선택에 대한 책임을 지고 싶었다. 그런데 그는 스스로의 선택마저도 내 탓을 하며 자신을 위로하고 있었다. 그렇다면 나는? 나는 도대체 누가 위로해 주지? 그날 문득 나는 스스로 나를 구원하고 싶었다.

신림동 어느 골목길에서 감정을 매입해 준다는 가게를 알게 되었다. 나는 퇴근하자마자 그곳으로 찾아가 성준 씨를 사랑하는 마음을 매입해 달라 사정했다. 하지만 그곳의 엔지니어는 내 손을 한참 만져 보더니 추출할 사랑이 없으니 연락처를 적어 놓고 돌아가라 말했다. 엉터리 가게였던 걸까? 나에게 성준 씨에 대한 사랑이 없다니…….. 이건 도무지 말이 되지 않았다. 그날 밤 이상한 가게에 들르는 바람에 평소보다 귀가 시간이 늦어졌던 나는 집에 도착하자마자 성준 씨에게 밤새도록 맞았다.

　"왜 저렇게 맞고 사는 걸까?"
　처음 재희 씨가 헛걸음한 날 정우는 바테이블에 턱을 괸 채 그녀가 한심하다는 듯 민성에게 물었다.
　"너는 타인의 감정을 만질 수 있으니까 알 거 아냐. 도대체 왜 저렇게 사는 거래?"
　민성과 정우가 함께 가게를 운영 중이긴 했지만 손님의 감정을 만지고 다룰 수 있는 건 민성뿐이었다. 그래서 정우가 가게의 사장을 맡고, 민성이 엔지니어가 된 것이다. 정우는 늘 민성이 만지는 감정이 어떤 느낌인지 궁금했다.
　"한때는 진심으로 사랑하고 사랑받았으니까."
　딱히 민성의 대답을 기대하고 물어본 건 아니었는데, 웬일로 민성이 정우에게 대답을 해 주기 시작했다.

"아무리 그래도 서로 사랑했던 시간보다 맞고 산 세월이 곱절인데?"

"감정이라는 건 딱히 시간과 비례하지 않더라고. 오래된 감정은 그 형체가 사라져 버린 뒤에도 사람을 헷갈리게 만들기도 하고."

"너는 아직 고등학생밖에 안 된 애가 무슨 세상을 다 살아 보기라도 한 것처럼 말을 하냐?"

"연우 누나 말이야."

갑자기 민성에게서 연우의 이름이 나왔다. 민성은 그동안 단 한 번도 연우의 이름을 언급한 적이 없었다.

"갑자기 누나는 왜."

정우는 정색을 하며 턱을 괴고 있던 바테이블에서 몸을 일으켰다. 언제나 생글거리던 정우답지 않았다.

"연우 누나 어디에 있는지 형은 알아?"

"그걸 내가 어떻게 알아? 3년 전에 너 던져 놓고 나가서 코빼기 한 번을 안 비추는데!"

언성을 높이며 짜증을 내는 정우를 조금도 아랑곳하지 않으며 민성은 마저 말을 이어 나갔다.

"형, 혹시라도 연우 누나 소식 듣게 되면 꼭 알려 줘. 이건 부탁이야."

"근데 넌 도대체 우리 누나랑 무슨 사이야?"

"그냥……. 그냥, 옆집 누나였어."

연우는 열일곱 살에 가출한 뒤 한 번도 집으로 소식을 보내지 않았다. 집을 나간 지 10년째 되던 해에 갑자기 집으로 돌아왔을 땐 연우의

감정을 파는 소년

곁에 민성이 있었다. 정우는 처음에 민성을 보고 누나가 집 밖에서 낳아 온 자식인가? 싶었지만 이내 연우의 가출 시기와 민성의 나이가 맞지 않다는 걸 깨달았다. 당시 민성은 열서너 살 정도였다. 연우는 정우에게 민성을 맡긴 뒤 다시 집을 나갔다. 그렇게 정우와 민성은 함께 살게 되었다.

열등감을 팝니다

어느 공시생

저는 현재 3년째 노량진 고시촌에서 경찰공무원 시험을 준비하고 있습니다. 처음 1년은 부모님이 지원을 해 주셨기에 공부에만 집중할 수 있었고 덕분에 하반기 1차 필기시험에 한 번에 합격했죠. 문제는 2차 체력테스트였는데 30:1의 경쟁률을 뚫고 필기시험에 통과했음에도 5:1의 체력테스트를 통과하지 못했어요. 과락이 나오지 않는 한 체력테스트에만 붙으면 3차 면접은 대부분 붙는다고 봐도 무방한 시험에서 아쉽게 떨어진 거예요.

첫해에 당연히 붙을 거라 생각했던 저는 부모님께 면목이 없어 2년차에는 알바를 병행하기 시작했어요. 독서실 총무 알바는 공부도 하면서 한 달에 40만 원가량을 벌 수 있기에 많은 공시생들이 선호하는 일

자리입니다. 그럼에도 불구하고 하루 6시간가량의 근무 시간조차 아까운 사람들은 끝까지 집에 손을 벌릴 수밖에 없죠. 그 무렵 집안 사정을 뻔히 알았던 저는 고시원비라도 벌고자 독서실 총무 알바를 시작했습니다. 그렇게 공시 2년 차에 접어들었죠.

노량진에서 공시 재수는 굉장히 흔한 일입니다. 한 번에 붙는 경우가 오히려 드물죠. 학창 시절 공부를 곧잘 했던 저는 사실 한 방에 노량진 합격 수기의 주인공이 될 줄 알았습니다. 공부하는 틈틈이 '합격 인터뷰는 이런 식으로 해야지.'라는 허튼 생각을 하기도 했죠. 군대를 다녀오는 바람에 머리가 좀 굳긴 했지만, 나름 인 서울 명문대 출신이었던지라 영어만큼은 자신이 있었거든요. 공시생에게 영어 점수는 굉장히 중요합니다. 영어를 잘하면 다른 과목의 공부 시간을 벌 수 있기 때문이죠. 오죽하면 공시 2년 차에는 대부분 학원 수업에서 인강으로 갈아타겠느냐 말이죠. 2배속으로 수업을 들어야 할 정도로 시간이 귀해지면서 사람들은 점점 생기를 잃어 갑니다.

이곳은 언뜻 보면 활기가 있는 듯하면서도 다들 표정이 죽어 있습니다. 하긴 이곳에 있는 사람들은 대부분이 불확실한 미래에 두려움을 느껴 안정적인 연금을 위해 더더욱 불확실한 경쟁에 뛰어든 불나방들입니다. 경찰공무원이나 소방공무원은 이름만 들었을 때 어떤 사명감 같은 게 필요한 직업 같겠지만, 그렇다고 해서 꼭 사명감이 있는 친구들만 지원하는 것은 아니에요. 저로 말할 것 같으면 사명감이 7할, 명예가 3할.

월말에 부모님이 생활비를 입금해 주시면 제일 먼저 단골 고시 식당의 월식을 끊습니다. 식권은 10장 단위로도 구입할 수 있는데, 공시 연차가 길어지면서 잦은 식권 구입조차 번거롭게 느껴진 저는 그냥 월식을 끊어 한곳에서 삼시 세끼를 해결했어요. 제가 다니는 고시 식당은 고시촌 컵밥거리 뒷골목에 있었습니다. 삼시 세끼를 한곳에서 해결하다 보니 어쩔 수 없이 빈번하게 마주치는 사람들이 있는데, 굳이 서로 인사를 건네지는 않습니다. 도리어 속으로 '저 사람 아직도 있네.'라는 생각을 하곤 하죠. 이곳에서 오래 보인다는 건 결코 좋은 징조가 아니거든요. 그래서인지 재수뿐 아니라 널린 게 3수, 4수생임에도 불구하고, 대부분의 공시생들은 하나같이 '2년 차'라고 대답합니다.

공부만 하다 보면 가끔 사람이 고파질 때가 있는데, 그럴 땐 스터디를 들기도 합니다. 이곳 사람들이 스터디를 하는 목적은 각양각색인데, 연애를 하기 위해서 스터디에 들기도 하고, 자극을 받기 위해서 스터디를 하기도 합니다. 공부할 시간이 부족해서 인강을 2배속으로 듣는 인간들에게 연애라니……. 앞뒤가 좀 안 맞긴 하지만, 이곳엔 생각보다 많은 커플이 존재합니다. 어쩌면 노량진에 있는 남녀가 강남에 있는 남녀보다 더 외로울 수 있어요. 그들은 매일 창문도 없는 고시원에서 눈을 뜨고 잠이 듭니다.

가끔 사회에 있는 친구들이 술이나 밥을 사 주러 올 때가 있어요. 대기업에 취직한 친구를 보면 한없이 부럽다가도 이름도 없는 회사에 다니는 친구를 보면 '그래, 내가 여기서 조금만 더 버티면 몇 년 뒤에는 재보다 나은 인생을 살고 있을 거야.'라는 생각을 합니다. 그들은 그저 친구로서 날 격려하러 온 것뿐인데, 그 와중에 저는 그들과 나의 미래를 예측하며 우월감을 가지죠.

1년에 한 번 정도 노량진에 구급차가 올 때가 있습니다. 합격 발표 이튿날 고시촌에 구급차 사이렌이 들리면 다들 기분이 복잡해집니다. 이내 단톡방을 통해 순식간에 소문이 퍼지며, 어느 고시원 누구라더라……, 이번이 몇 번째였다더라…… 식으로 고인의 프로필이 공유됩니다.

이곳은 오로지 두 종류의 사람만 존재합니다. 합격한 자와 떨어진 자. 합격한 사람만이 이곳을 떠날 수 있으며, 남아 있는 사람들도 이곳을 떠나는 날만을 갈망합니다. 저는 2년 차에도 상반기, 하반기에 전부 떨어졌습니다. 지난 하반기와 마찬가지로 상반기에도 선발 인원이 넉넉한 수도권 지원을 해서 1차에 바로 붙을 줄 알았는데 이번엔 생각보다 수도권 경쟁률이 너무 높았어요. 평균보다 높은 점수를 받았는데도 떨어지자 페이스가 무너졌고, 하반기에는 평균 점수에도 미치지 못했죠. 심지어 스터디에서 저보다 한참 아래라고 생각했던 사람이 먼저 합격해 버리자 더욱 속이 시끄러워졌어요. 그는 제게 이것저것 모르는 부분을 종종 물어보던 친구였고, 저는 그가 물어본 질문들에게 대해 늘 척척 대답해 주곤 했었거든요.

3년 차에 접어들자 노량진 이곳저곳의 합격 수기를 보는 것이 괴로워지기 시작했습니다. 저도 보란 듯이 게시판에 제 사진을 올리고 싶었어요. 처음에는 1~2년이면 될 거라 생각했습니다. 그런데 점점 자심 감은 사라지고, 잘나가는 친구들에게 열등감만 늘어 갔어요.

제가 만약 합격한다면 친척들 사이에서도 우리 부모님 체면이 좀 설 텐데요. 대학교 과방에 가서 "어~, 나 이번에 경찰공무원 시험 합격했 어~ 한 1년 준비했나?"라고 말하는 상상을 수도 없이 시뮬레이션하곤 했습니다. 괜히 혼자 부끄럽네요. 사촌 동생은 지난달에 외국계 기업에 입사를 했고, 사촌 누나는 다음 달에 개인전을 연대요. 저만 이 집안에 서 소속이 없는 인생을 살고 있어요. 언젠가부터 잘나가는 사촌 형제 들 소식만 들어도 부러워서 분이 났고, 친구들의 승진 소식이 들리면 속부터 꼬일 지경이었습니다.

결국 공부에 더 박차를 가했습니다. 이번엔 반드시 합격하리라 결심 했죠. 스터디를 늘렸고, 잠을 줄였어요. 커피를 물처럼 마셨습니다.

영어 스터디 모집합니다.

영어만큼은 자신이 있었지만, 이제는 그 어떤 과목도 맹신할 수 없 었어요. 스터디 장에게 연락을 했고, 곧 스터디 날이 잡혔습니다.

보통 스터디는 독서실의 스터디 룸에서 이루어집니다. 스터디 카페 가 따로 있긴 하지만 스터디마다 지출이 생기는 것을 달가워할 공시생 은 없기 때문에 대부분 스터디 장이 독서실의 공용 스터디 룸을 예약 합니다. 만약 룸 예약을 못 잡거나, 또는 스터디 구성원의 기분 전환이

감정을 파는 소년

필요할 땐 간혹 스터디 카페에 가기도 하죠.

저는 그날 영어 스터디에서 종현을 처음 만났습니다. 종현은 7급공무원 시험을 준비 중이었는데, 그는 저와 같은 3년 차임에도 조바심이 거의 느껴지지 않았어요. 알고 보니 그는 3년째 고시 비용을 전액 집에서 지원받고 있었고, 과목별 1타 강사 인강에 7급 종합반까지 다니고 있었습니다. 그럼에도 불구하고 그의 영어 실력은 저보다 한참 아래였어요. 면전에서 티를 내진 않았지만 솔직히 처음에는 그가 좀 한심하게 느껴졌습니다. 그런 저의 우월감을 알 리 없었던 종현은 한 살 차이였던 저와 금세 가까워졌고, 그는 언제나 제게 "형, 형," 거리며 먼저 살갑게 다가왔습니다.

"형, 스터디 영어 단어 다 외웠어?"

"오늘 총무 알바 중에 접수가 들어오는 바람에 다는 못 외웠어. 너는?"

"나는 한 절반 외웠나? 오늘따라 집중이 잘 안 되더라고~!"

"오늘만?"

제가 키득거리며 반박하자 종현도 함께 키득거렸습니다. 종현은 노량진에 갓 입성한 공시생 같았어요. 노량진에서는 1년 차 공시생을 쉽게 찾아낼 수 있는데, 그 무렵까지는 아직 얼굴에 생기가 돌기 때문입니다. 하지만 대부분 2~3년 차에 접어들면서 낯빛이 가라앉아요. 그런데 종현의 얼굴엔 늘 활력이 있었어요.

겉으로 내색하진 않았지만, 그런 종현을 볼 때마다 속에서 어떤 부아 같은 게 치밀었습니다. '나도 집에서 지원해 주면 너처럼 웃을 수 있어.', '집에서 빵빵하게 지원을 해 주는데도 나보다 공부를 못할 거면 뭐 하러 노량진에 있는 거야?' 등의 생각이 문득문득 들 때마다 스스로 자책이 들곤 했어요. '도대체 왜 나는 자꾸 남이랑 비교를 하는 거지? 종현은 종현이고, 나는 나인데……. 심지어 그와 나는 같은 시험에 응시하는 것도 아닌데…….' 하루에도 몇 번씩 소박한 것에 우월감을 느꼈다가 또 사소한 것에 열등감을 느끼곤 했습니다.

"종현아, 넌 조바심도 안 나냐?"

"조바심?"

"너도 올해가 7급 3년 차라며, 그런데 어떻게 그렇게 밝을 수 있나 해서."

"형이야말로 너무 주눅 들어 있는 거 아냐? 나보다 영어도 훨씬 잘하면서 왜 항상 그렇게 스스로를 몰아세우는 거야?"

종현은 제가 안타깝다는 듯 자신의 형편없는 실력을 들먹이며 저를 위로하기 시작했어요. 하지만 그 위로는 제게 전혀 와닿지 않았죠.

"나보다 어린 사촌 동생은 얼마 전에 외국계 기업에 취직을 했고, 나보다 낮은 대학에 들어간 동창 녀석은 얼마 전에 최연소 승진을 했어. 그런데 지금 내 꼴을 봐. 어떻게 조바심이 안 날 수 있겠어?"

"왜 자꾸 그런 식으로 현재 잘나가는 주변 사람들이랑 비교하면서 형 자신을 깎아내리는지 모르겠어."

그는 평소 제가 초조함과 열등감에 사로잡혀 있다는 것을 알고 있었

감정을 파는 소년

습니다. 전들 저보다 잘 풀리는 사람들과 굳이 비교해 가며 제 자신을 깎아내리고 싶었겠어요? 하지만 저는 저보다 버거운 삶을 살고 있는 사람들에게는 치졸한 우월감을, 저보다 매끄러운 삶을 살고 있는 사람들에게는 비겁한 열등감을 갖는 것을 도무지 멈출 수가 없었습니다.

노량진 고시촌의 가파른 언덕길은 상도동으로 이어집니다. 상도동으로 이어진 언덕길을 지나 또 하염없이 걷다 보면 국사봉 터널이 나와요. 차를 타고 지나갈 땐 터널 입구에서 출구까지가 그다지 멀게 느껴지지 않았는데, 똑같은 길이의 터널을 걸어서 지나가려면 출구가 한참이나 아마득하게 느껴집니다. 터널이 마치 지금의 제 인생 같았어요. 출구가 보이지 않는.

노량진을 벗어난 건 굉장히 오랜만이었습니다. 그렇게 하염없이 걷다 보니 어느새 신림동 고시촌이었죠. 이곳은 불과 몇 년 전까지만 해도 노량진보다 더 우울한 곳이었어요. 하지만 사법 고시가 폐지되면서 사시생들이 대거 빠졌고, 오히려 노량진의 공시생들이 이곳으로 넘어오면서 동네에 다시 활기가 돌았다고 하더라고요. 미묘한 차이겠지만, 사시생보다는 공시생의 낯빛이 조금은 더 나았나 봅니다.

그렇게 신림동 고시촌을 지나 어느 한적한 주택가에 다다랐습니다. 주택가 사이사이로 골목길이 촘촘하게 들어서 있었는데, 그곳의 골목길은 경차 한 대도 지나가기 어려울 정도로 도로 폭이 좁았어요. 그중 한 골목이 눈에 밟혔고, 무작정 들어간 골목길의 끝에는 간판 없는 술집이 하나 있었습니다. 사실 그곳의 외관은 술집이라기보다는 점집에 가까웠어요.

실내에 들어서자 남자 직원 두 명이 눈에 들어왔습니다. 한 명은 이십대 후반 정도 되어 보이는 잘생긴 훈남이었고, 다른 하나는 까무잡잡한 피부에 굉장히 어린 외모로 어쩌면 미성년자일 수도 있겠다는 생각이 들었어요.

"어서 오세요."

정우가 반갑게 손님을 맞았다. 해도 떨어지기 전에 손님이 이곳을 찾는 건 드문 일이었기에 다소 의아하긴 했지만 그래도 첫 손님은 언제나 반가운 법이다. 그는 곧 하던 일을 멈추고 이곳에 방금 들어온 손님에게 물 잔을 내어 주었다.

"여기는 뭐하는 곳인가요?"

손님은 가게 내부를 두리번거리며 가게의 용도를 알아내고자 분주하게 시선을 던지고 있었다.

"이곳은 감정을 사고파는 곳입니다. 혹시 필요한 감정이나, 팔고 싶은 감정이 있으신가요?"

정우가 안내를 하는 동안 민성은 옆에서 플라스틱 통과 캔, 유리병 등을 닦으며 말없이 손님을 위아래로 훑어보았다.

"감정을 사고판다라⋯⋯. 저한테 진짜 쓸모없는 감정이 하나 있긴 한데⋯⋯. 품, 근데 이걸 믿어야 하나요?"

"믿져야 본전이니 우리 엔지니어한테 상담이라도 한번 받아 보시겠

감정을 파는 소년

어요?"

"어떻게 하는 건가요?"

유리병을 닦던 민성은 말없이 손님에게 다가가 다짜고짜 손을 내밀었다. 손님이 멀뚱멀뚱 바라보자 정우는 짧게 한숨을 한 번 내쉰 뒤 그에게 대신 설명을 했다.

"저희 엔지니어한테 손을 내밀어 주시면 이 친구가 손님의 다양한 감정들을 한번 살펴볼 거예요."

"아, 이렇게 하는 거군요."

손님은 바테이블 위로 양손을 내밀었고, 민성은 그의 손을 잡으면서 눈을 감았다. 그리고 곧 그의 감정을 훑어보았다. 다양한 감정들 속에 최근 들어 유독 도드라진 감정이 하나 있었는데, 그것은 바로 열등감이었다.

"혹시 열등감인가요?"

민성이 손님에게 물었다.

"네. 정말이지 살아가는 데 있어 하등 쓸모도 없는 감정이죠."

민성은 손님의 반응에 흥미가 생긴 듯 그에게 이것저것 물어보기 시작했다.

"혹시 최근에 손님의 열등감을 증폭시킨 사람이 있었나요?"

"한둘이겠어요? 사촌 형제들, 친구들, 나보다 늦게 시작해서 먼저 합격한 공시생들……. 모두가 절 열등하게 만들었죠. 특히 그중에서도……."

손님이 잠시 말끝을 흐렸으나, 민성은 그것을 놓치지 않았다.

"그중에서 유독 손님을 불편하게 만든 사람이 있었군요?"

"최근에 친해진 동생인데, 그 녀석을 보고 있으면 가끔씩 부아가 치밀어요. 물론 그 동생이 저한테 잘못한 건 없어요. 그냥, 나만 이렇게 열등감에 절어 있는 모습조차 그 친구와 비교가 돼서……. 그 친구는 저와 달리 열등감 같은 게 전혀 없어요. 같은 공시 3년 차인데도……. 제가 녀석의 자존감을 반만이라도 닮았더라면……."

"혹시 지금 당장 그 친구분을 가게로 부를 수 있을까요?"

"예? 녀석한테는 한 번도 이런 얘기를 털어놓은 적이 없는데요……. 자존심 상해서 이런 제 마음을 들키고 싶지도 않고요."

옆에서 가만히 듣고만 있었던 정우는 민성이 도대체 왜 저러는 것인지 도무지 이해가 되지 않았다.

"걱정 마세요. 친구분한테는 손님의 감정을 밝히지 않을 거니까요."

"민성아, 잠깐 이리 와 봐."

정우는 민성을 데리고 창고로 들어가 조용히 물었다.

"도대체 뭘 하려는 거야?"

"형, 그거 알아? 모차르트와 살리에리."

"말 돌리지 말고, 묻는 말에 대답이나 해."

"됐다, 됐어. 형이 뭘 알겠어. 형은 그냥 옆에서 지켜보기나 해. 아, 우리 나무 그릇 어디 있지?"

"……찬장 위 선반에."

창고에서 나무 그릇을 챙겨 나온 민성은 바테이블로 다가가 손님 바로 앞에 나무 그릇을 내려놓았다. 곧 두 손을 잡은 뒤 그의 열등감을 추출하기 시작했다. 잠시 후 손님의 손바닥으로 영롱한 빛깔의 열등감이 추출되었고 민성은 그것을 조심스럽게 나무 그릇에 옮겨 담았다. 그리고 정우에게 눈짓을 보냈다.

"손님의 열등감은 저희가 이 값에 사겠습니다."

정우는 못마땅하다는 듯 계산기에 금액을 찍어 보였다. 민성은 추출한 열등감을 손가락으로 빙빙 돌리며 재감정을 하고 있었다. 이내 곧 민성은 만족스러운 표정을 지으며 그것을 창고로 가져갔다.

곧이어 손님이 말했던 친구 종현이 도착했다. 경찰공무원 공시 손님이 언덕과 터널을 방황하며 몇 시간에 걸쳐 도착한 이곳에 7급공무원 공시 친구는 택시를 타고 한 번에 온 것이다.

"형, 무슨 일로 신림동까지 나왔어? 여긴 뭐하는 곳이야? 점집인가?"

"어서 오세요!"

웬일로 민성이 반갑게 손님을 맞았다. 정우는 이번엔 말없이 종현에게 코스터를 받친 물 잔을 내어 주었다.

"이분들한테 네 얘길 했더니, 한번 만나 보고 싶다고 하셔서 말이야."

"저희 손님이랑 제법 친한 동생분이라고 들었어요."

정우는 민성이 도대체 무슨 짓을 벌이려는 것인지는 모르겠으나, 민성의 가식적인 미소만으로도 그가 하려는 행동이 몹시 찝찝했다.

"그런데 이곳은 뭐 하는 곳이에요?"

"아까 점집이냐고 물어보셨죠? 비슷한 곳이에요."

"아, 뭐야 형~ 점 보러 온 거였어? 그럼 온 김에 저도 운세나 좀 볼 수 있을까요?"

들었던 대로 종현이라는 사람은 딱 봐도 활기가 있었다. 무엇보다 공시에 두 번이나 떨어진 사람으로는 전혀 보이지 않았다.

"운세는 다른 분이 함께 들으면 효력이 떨어지거든요."

정우는 점집 행세를 하는 민성이 기가 막혔지만, 일단은 옆에서 가만히 지켜보았다.

"그래요? 형, 잠깐만 나가 있어 봐~!"

종현은 그를 잠시 가게 밖으로 내보낸 뒤, 똘망똘망한 눈으로 민성을 바라보며 물었다.

"저보다 한참 어려 보이는데, 신내림 받은 거예요?"

"제가 손님한테 부적 같은 걸 하나 드리려고 하는데요, 이 부적은 아마 손님이 이루고자 하는 일을 더 잘되게 도와줄 거예요."

"그래요? 그런 부적이 있으면 속는 셈 치고 한번 써 보죠, 뭐!"

"그런데 가격이 좀……."

"집에서 용돈 넉넉히 보내 주셔서 괜찮아요."

"그럼 저한테 손 좀 내밀어 주시겠어요?"

민성은 방금 전 손님으로부터 추출한 열등감이 담겨 있는 나무 그릇을 창고에서 도로 가져왔다. 그것을 본 정우는 입을 뻐끔거리며 민성을 가로막았다. 곧 손님한테는 들리지 않을 정도의 나직한 목소리로 민성에게 따졌다.

"너 미쳤어? 멀쩡한 사람한테 열등감을 팔 셈이야?"

"열등감이 뭐 어때서? 사랑은 팔아도 되고, 열등감은 안 되는 이유가 뭔데?"

"야, 우리가 아무리 이런 장사를 한다고 해도 폐기해도 모자랄 감정을 손님한테 웃돈까지 받고 파는 건 아니지!"

"만약에 컴플레인이 들어오면 내가 다 책임질게."

"책임은 무슨! 내 이름으로 낸 사업장인데, 네가 무슨 수로 책임을 져!"

"저기요? 무슨 문제라도 있나요?"

시험을 앞두고 부적을 쓸 생각에 한창 들떠 있던 손님은 두 사람의 언쟁을 미처 듣지 못했다. 민성은 정우를 밀치고 종현에게 다가가 그의 두 손바닥에 나무 그릇에 담긴 열등감을 쏟아부었다. 그것은 너무나 순식간에 일어난 일이라 정우가 말릴 새도 없었다.

"끝났습니다."

"이게 끝이에요? 간단하네요?"

정우는 차마 못 보겠다는 듯 오른손으로 두 눈을 감싸며 고개를 돌렸다. 종현은 밖에서 기다리고 있던 형에게 다가가 함께 노량진으로 돌아가자 말했다. 두 손님이 골목길 끝으로 멀어지는 것을 확인한 정우는 가게 문을 닫은 뒤 민성에게 소리쳤다.

"저대로 그냥 돌려보낼 거야? 너 진짜로 저 사람 인생이라도 망칠 셈이야?"

"정우 형, 살리에리 말이야. 그가 만약 모차르트와 동시대의 사람이 아니었다면 어땠을 것 같아?"

"당연히 잘 살았겠지! 평생 모차르트 때문에 2인자로 살면서 열등감에 사로잡히지 않아도 됐겠지!"

"정말 그렇게 생각해?"

감정을 파는 소년

열등감이 필요할 때

종현

가게 안에서 종현은 무슨 일을 겪었던 것일까요? 실은 아까 그 이상한 가게 안으로 종현이 들어왔을 때, 제 안의 무언가가 사르르 녹아 버리는 게 느껴졌습니다. 그와 함께 돌아오는 택시에서 문득 그런 생각이 들었어요.

'나는 왜 그동안 그토록 이 녀석에게 그렇게 집착했던 걸까? 종현은 종현일 뿐이고, 나는 나대로의 인생을 살면 그만인 것을.'

참 별것도 아닌 이 하나의 깨달음을 얻기 위해서 저는 그동안 너무나 많은 시간을 누군가와 비교하며, 스스로를 채찍질하는 데 인생을 허비했더라고요.

열등감이 사라진 저는 더 이상 사촌 동생들의 출세 소식과 친구들의 승진 소식에 스스로를 몰아세우지 않게 되었습니다. 저는 그제야 진심으로 그들을 축하할 수 있었고, 2배속으로 듣던 인강을 정속으로 차분히 들을 수 있게 되었습니다. 저는 그저 저의 페이스대로만 하면 되는 거였어요.

그런데 언젠가부터 종현의 표정이 어두워지기 시작했습니다. 항상 밝았던 친구였기에 갑작스러운 그의 변화가 처음에는 좀 당황스러웠지만, 그렇다고 해서 대단히 신경 쓰지도 않았습니다. 저는 더 이상 타인의 사소한 슬럼프에 우월감을 느끼지 않았거든요. 다행히 점점 어두워지는 낯빛과 달리 종현은 스터디에서 조금씩 두각을 드러내고 있었어요.

어느덧 종현은 저의 영어 실력을 추월했고, 곧 7급 필기시험을 앞두고 있었습니다. 그렇게 시험이 한 달쯤 남았을 때 종현의 예민함은 극에 달했어요. 그 모습은 마치 작년 경찰공무원 하반기 시험 직전의 제 모습 같았죠. 사실 잘 이해가 되지 않았습니다. 작년의 저도 지금의 종현도. 왜 저렇게 스스로를 몰아세우는 것일까요? 종현은 종종 제게 자신의 군대 동기가 전역하자마자 창업을 했는데, 그 회사 직원이 벌써 몇 명이라느니……. 자신도 꼭 7급에 붙어서 보란 듯이 그 친구에게 술을 사겠다느니 등의 이야기를 하곤 했습니다. 부모님이 보내 주시는 생활비로도 지금 당장 충분히 살 수 있는 술을 반드시 자신의 첫 월급으로 당당하게 사고 싶다고 말하는 종현이 조금은 안타까웠어요.

노량진 고시촌에서 드물게 생기를 내뿜었던 친구가 어쩌다 저렇게

감정을 파는 소년

망가진 것일까요? 자신과 타인을 비교하는 것은 오히려 스스로를 불행하게 만들 뿐이라는 걸, 그에게 알려 주고 싶었지만 그 또한 저의 오지랖일지도 모른다는 생각에 굳이 말하지 않았습니다. 그래도 다행히 종현은 공시 준비 3년 만에 처음으로 7급 1차 필기시험에 합격했어요.

1차 필기에 합격한 종현은 바로 2차 시험 준비에 돌입했습니다. 저역시 3년 차 하반기에 1차 필기를 통과했고, 체력테스트와 면접을 남겨 두고 있었어요. 1차 필기에 합격한 이후 더 이상 스터디에 나가지 않았고, 이후로는 종현과도 연락이 뜸해지게 되었습니다. 그러던 중오랜만에 집으로부터 한 통의 전화가 걸려 왔어요.

"아들, 공부는 잘돼 가?"

"그럭저럭이요……."

"올해는 붙을 수 있는 거지?"

"그거야 모르죠."

"실은 이번에 할머니가 큰 수술을 하게 됐어. 그래서 돈이 제법 나갈 것 같은데……. 내년부터는 우리 아들 공부 지원해 주는 게 좀 어려울 것 같아."

"……."

어머니와 통화를 마친 뒤, 어쩌면 이번 시험이 마지막일지로 모른다는 생각이 들었습니다. 사실 집에서 지원을 받지 못한다 해도 방법이 아주 없는 것은 아니었어요. 부모님 집에서 통학하면서 종합반 조교 알바를 병행하면 수업을 공짜로 들을 수 있거든요. 물론 그러지 않기 위해서라도 올해는 반드시 2차, 3차 시험에 합격해야만 합니다. 그런데 뭐랄까……. 조금씩 제게서 간절함이 멀어지고 있었어요. 결국 저는 그해 경찰공무원 시험 최종 면접에서 떨어졌습니다.

"안녕하세요."

"어서 오…… 오랜만이시네요?"

종현이 가게에 들어오자 민성이 그를 반갑게 맞았다. 정우는 처음에 종현을 알아보지 못했다.

"저 이번엔 7급공무원 시험 최종 합격했어요."

"합격했다고요?"

정우가 믿을 수 없다는 듯 되물었다. 반면에 민성은 전혀 놀라지 않았다.

"7~8개월 전쯤 제가 여기서 부적을 썼잖아요? 실은 그날 이후로 알 수 없는 괴로움에 사로잡혀서 지옥 같은 하루하루를 보냈어요. 처음에는 부작용인가 싶더라니까요?"

"그래도 합격하셔서 다행이네요……."

정우는 차마 종현의 눈을 마주치지 못했다. 그에게 지옥 같은 하루하루를 살게 한 주범이 바로 옆에서 태연하게 컵을 닦고 있었기 때문이다.

"역시 비싼 값을 지불한 보람이 있었던 것 같아요."

"예?"

"여기에 다녀가서인지, 우연인지 모를 그날 제게 생긴 그 괴로움이 저를 더 분발하게 했어요. 저는 늘 적당한 선에서 만족하고 스스로 정체해 버리는 습관이 있었거든요."

"그게 무슨……."

정우는 도통 영문을 알 수가 없었다. 그날 민성은 손님을 속여 열등감을 팔았고, 심지어 돈까지 받았기 때문이다. 하지만 종현은 전혀 그것을 따지러 온 것이 아니었다. 곧 그는 무언가를 깨달았다는 듯 민성에게 물었다.

"그날 그쪽이 저한테 쓴 부적, 열등감 맞죠?"

정우는 순간 자신의 귀를 의심했다. 손님이 부적의 정체를 눈치챈 것이다. 손님의 질문에 당황한 나머지 입이 굳어 버린 정우와 달리 민성이 태연하게 대답했다.

"부적은 아니고, 그냥 어떤 사람이 필요 없다며 헐값에 버리려던 감정을 우리가 대신 매입해서 손님한테 되팔았을 뿐이에요."

"하아! 어떤 분인지는 몰라도 이 귀한 감정을 그쪽한테 헐값에 팔았다는 말이죠? 그분은 열등감의 가치를 모르는 사람이었나 보네요."

정우는 그제야 민성이 그날 왜 그런 이상한 거래를 했는지 깨달았다. 그는 뒤늦게 종현의 합격에 숟가락이라도 얹고자 마음에도 없는 말을 덧붙이기 시작했다.

"하.하. 우리 엔지니어가 늘 하는 말이 있거든요. '세상에 쓸모없는 감정은 없다.' 열등감이라는 감정은 스스로를 좀먹기도 하지만, 때론 사람을 성장하게 만들기도 하니까요! 하.하.하.”

　민성은 갑자기 말을 바꾸는 정우가 우습다는 듯 코웃음을 치며 중얼
거렸다.

　“나더러 폐기하라 그럴 땐 언제고.”

　민성의 말이 채 끝나기도 전에 정우가 그의 옆구리를 쿡 쳤다. 민성
은 어이가 없다는 표정으로 정우를 노려보았다.

　“그래서 말인데요. 혹시 이곳에서 다른 감정도 살 수 있나요?”

　“어떤 감정이 필요하신데요?”

　민성의 째림을 못 본 체하며 정우가 물었다.

　“사랑이요. 사랑을 좀 살 수 있을까요?”

　“물론이죠, 마침 며칠 전에 들어온 재고가 있거든요.”

　곧이어 민성은 창고에서 피클 통 같은 플라스틱 통 하나를 꺼내서
왔다.

사랑을 살게요

종현

나는 노량진 고시촌에 들어가기 전부터 사귀던 여자 친구가 있다. 그녀는 나와 같은 고등학교 동창이었고, 우리는 졸업하자마자 사귀기 시작했다. 내 여자 친구의 이름은 경아였다. 경아는 군대는 물론이거니와 공시 준비를 하는 동안에도 묵묵히 내 곁을 지켜 주었다.

경아는 학생 때부터 굉장히 인기가 많았다. 빼어난 미인은 아니었지만 새하얀 피부에 오밀조밀한 이목구비가 묘한 매력이 있었다. 성격도 무던해서인지 주변에 고백하는 친구들도 많았다. 하지만 경아는 그 누구의 고백도 수락하지 않았다. 그녀는 학업 이외에는 전혀 관심이 없었다. 성적은 늘 전교 상위권이었으며, 단 한 번도 교칙을 어긴 적이 없었다.

그 당시의 나는 물처럼 공기처럼 반에 있는 듯 없는 듯한 구성원이었다. 친구들과 적당히 어울리며, 공부도 적당히 했다. 딱히 무리에서 인기를 얻고 싶다던가, 반에서 공부로 주목받고 싶다는 욕구 자체가 나에겐 없었다.

"종현아, 넌 오늘 시험 잘 봤나 봐?"

"영어에서만 일곱 문제나 틀렸는데, 그게 잘 본 건가?"

경아는 시험을 망치고도 태연한 나를 신기하게 바라보았다. 나는 시험 성적에 크게 신경을 쓰는 타입이 아니었다. 부모님께서는 늘 그런 나를 친척들에게 "애가 머리는 좋은데 공부를 안 해서……."라는 말로 변명하곤 하셨다. 틀린 말은 아니었다. 실제로 부모님께서는 가끔씩 이번 중간고사를 잘 보면 핸드폰을 최신형으로 바꾸어 주겠다던가, 반에서 몇 등을 하면 콘솔 게임기를 사 주겠다고 하셨고, 그럴 땐 필요에 의해 또 어떻게든 성적을 올렸기 때문이다. 하지만 어떤 대가나 특별한 보상이 주어지지 않을 때는 그다지 최선을 다하지 않았다.

경아는 그런 나와 대화하는 것을 굉장히 흥미로워했다. 자신은 늘 성적이 떨어질까 두려워 잠시도 공부를 멈출 수 없는데, 미래에 대한 별다른 걱정 없이 한량처럼 사는 내가 그녀의 눈에는 신기하기도, 때론 부럽기도 했던 것 같다.

내 손에 닿을 수 없었을 땐 감히 마음에도 품지 않았지만, 경아와 조금씩 가까워지면서 나 역시 교내 남학생들과 마찬가지로 그녀를 짝사랑하게 되었다. 이상하게 경아는 다른 친구들에게는 곁을 잘 내어 주지 않으면서 나에게는 언제나 먼저 다가왔다. 지금 와서 생각해 보면 그러한 상황에 미묘한 우월감을 느낄 법도 한데, 당시의 나는 경아와의 친분에 대해 아무런 생각이 없었다. 그냥 경아가 좋았고, 경아와 함께 있는 모든 순간이 간지러웠다.

나는 경아와 좀 더 함께 있기 위해 그녀를 따라 교내 도서관에서 공부를 하기 시작했다. 공부하다 틈틈이 경아에게 자판기 우유를 뽑아다 주곤 했는데, 그럴 때마다 그녀는 우유 마시면 졸린데, 왜 하필 우유를 뽑아 왔냐며 타박을 하곤 했다. 그럼에도 불구하고 난 매번 그녀에게 우유를 뽑아다 주었다. 사실 별다른 이유가 있는 것은 아니었다. 그냥 난 자판기 특유의 탈지분유 맛이 좋았다. 그리고 매번 커피만 뽑아 마시는 경아가 가끔은 다른 음료도 좀 마셨으면 하는 생각에서 그랬던 것 같다. 아무튼 매번 투덜거리면서도 그녀는 내가 뽑아 주는 탈지분유 맛 우유를 두 손으로 호호 불면서 마셨고, 나는 그녀의 윗입술에 살짝 묻은 우유 거품이 서서히 녹아 없어지는 걸 몰래 바라보는 게 좋았다.

경아 덕분에 내 성적은 눈에 띄게 오르기 시작했고, 부모님은 전자 제품을 걸지도 않았는데 훌쩍 오른 성적을 의아해하면서도 굉장히 기뻐하셨다. 물론 그렇다고 해서 경아와 같은 대학에 지원할 수 있는 수준으로 성적이 오른 건 아니었기에 우리는 각기 다른 대학에 원서를 넣었다. 경아는 당연한 수순으로 명문대에 합격을 했고, 나 역시 그녀 덕에 팔자에도 없었던 인 서울 턱걸이를 하게 되었다. 졸업식 날 고백을 하려 했으나, 가족들과 함께 있는 경아에게 차마 다가가지 못했다.

"종현아! 졸업해도 나랑 계속 연락할 거지?"

"어…… 어. 그래!"

경아 쪽으로 고개조차 돌리지 못하고 있던 내게 그녀가 먼저 다가왔다. 가족들은 무언가 분위기를 눈치챈 듯 자리를 피해 주었다.

"이따 저녁에 시간 돼?"

"저녁에?"

"저녁에 잠깐 학교 도서관 앞에서 볼 수 있을까?"

"어…… 어. 아, 알겠어!"

나는 바보같이 몇 마디 되지도 않는 말을 더듬거리며 대답했다. 이어진 가족 식사에서 어머니는 아까 그 친구가 우리 아들 여자 친구냐고 넌지시 놀리듯 물어보셨다. 나는 얼굴이 빨개지며 "아, 그런 거 아니에요!"라며 쏘아붙였다.

집으로 돌아와 교복을 벗은 뒤 옷장을 뒤지기 시작했다. 그중 가장 최근에 산 후드티 하나를 꺼내서 냄새를 맡아 보았다. 어쩐지 퀴퀴한 냄새가 나는 것 같아 그대로 침대에 던져 버린 뒤, 서랍에서 다른 봄 후드를 꺼냈다. 아직 날이 좀 쌀쌀하긴 하지만, 이 옷이 내가 가진 옷 중에서 제일 멋있다는 생각이 든 나는 거실에 있는 탈취제를 가져다 마구잡이로 분사를 했다. 옷이 살짝 젖을 정도로 뿌린 다음에야 향이 좀 심한가 싶었던 나는 다시 화장실 수건을 가져다 옷 위에 찍어 누르기 시작했다. 그리고는 공중에 옷을 팡팡 턴 다음에 바로 입어 보았고, 전신 거울 앞에서 주머니에 손을 찔러 넣었더니 이번엔 바지가 문제였다. 아마도 그날 옷장에 있는 바지란 바지는 전부 꺼내서 입고 벗고를 반복했던 것 같다. 양치는 한 다섯 번 했나?

경아의 문자를 받고 정신없이 학교로 뛰어가다가 교문이 보일쯤 숨을 고르고 천천히 걷기 시작했다. 곧 교문 앞에 서 있는 경아가 보였다.

"오늘 졸업식이라 도서관 문을 안 열었나 봐."

"그래? 그럼 어쩌지⋯⋯?"

"어떡하긴 뭘 어떡해. 그나저나 너 나한테 할 말 없어?"

"우리 사귀자."

나도 모르게 두서없이 사귀자는 말이 튀어나왔다. 사실은 맛있는 저녁을 먼저 산 다음, 카페에 가서 하려던 말이었는데 말이다. 경아는 잠시 표정이 굳더니, 곧 생각해 보겠다며 집으로 돌아갔다. 어안이 벙벙한 상태로 경아의 뒷모습을 한참 바라보다가 집으로 돌아왔을 때, 문자 한 통이 도착했다.

💬 좋아.

나는 옷가지가 널브러진 침대 위에 올라가 방방 뛰며 소리 없는 비명을 질렀다. 그렇게 고등학교 졸업과 동시에 경아와 사귀게 되었다.

대학 입학 전까지 우리는 동네에서 매일 만났고, 처음에는 학교 밖 만남이 너무나 어색했던지라 아무 말도 하지 못했다. 오히려 데이트를 능숙하게 리드한 건 내가 아닌 경아였다. 경아는 날 데리고 영화관에 가서 처음으로 손을 잡았다. 처음에는 얘가 내 손이랑 팝콘을 착각한 줄 알았다.

대학생이 된 이후로도 우리의 도서관 데이트는 계속되었다. 지하철로 환승 포함 14정거장 거리였던 서로의 캠퍼스를 번갈아 다니며 봄에는 벚꽃을 가을에는 낙엽을 밟았다.

경아는 대학생이 되어서도 여전히 인기가 많았으나 나는 그것을 딱히 신경 쓰지 않았다. 절대 그녀가 먼저 곁을 주지 않는다는 걸 그 누구보다도 잘 알고 있었기 때문이다. 경아가 과동기들과 밤늦게까지 술자리를 가져도, 밤새 조별 과제를 한다 해도 우리는 다투지 않았다. 그런데 가끔 경아가 도리어 나에게 학교에서 너한테 관심 보이는 여자 동기나 선배는 없냐며 추궁을 하곤 했는데, 나는 그런 경아의 모습마저도 너무나 귀여웠다.

솔직히 말해서 나는 대학교에서도 고등학생 때와 마찬가지로 그다지 주목을 받지 못했다. 겉도는 것까지는 아니어도 일단 주류는 아니었으니까. 대학교에서는 고등학교와 달리 주류인 친구와 그렇지 못한 친구가 좀 더 확연하게 나뉜다. 학교 행사나 모임에 적극적으로 참여하는 학생회 주축의 '인싸(inside)' 친구들과 소수 몇 명과 시간표를 맞추는 비주류로 나뉘는데, 나는 당연히 후자였다. 물론 시간표까지 혼자 짜는 '아싸(outside)'도 있기는 하지만 난 그 정도까지는 아니었고, 알고 지내는 과동기 여자애들 몇 명과는 교양 수업에서 마주쳤을 때

서로 인사는 나누는 정도였다.

나는 다른 동기들과 달린 여유롭게 군대에 갔는데, 대부분 1학년 또는 2학년을 마치고 가는 분위기였음에도 그런 것에 전혀 휘둘리지 않았다. 경아와 함께 휴학 없이 3학년을 꽉 채워 다닌 뒤 입대를 했다. 경아에게는 굳이 기다려 달라 말하지 않았다.

"4학년 되면 학점 관리에 취업 준비까지 해야 해서 면회는 자주 못가."

오히려 경아가 먼저 당연히 기다릴 것처럼 말했다. 아니, 그건 기다린다기보다 경아 자신의 인생을 부지런히 살고 있을 테니, 알아서 잘 다녀오라는 것처럼 들렸다. 실은 그래서 더 안심이 되었다.

경아는 내가 군대에 가 있는 동안 더욱 학업에 매진했고, 결국 완벽한 학점으로 졸업을 했다. 역시 경아다웠다. 경아의 졸업식에 맞춰 나는 2차 정기 휴가를 썼다.

졸업과 동시에 취업한 경아는 상병 무렵부터 자주는 아니어도 가끔씩 면회를 올 때마다 부대원들 몫까지 치킨을 사 오곤 했다. 나는 여자 친구를 잘 둔 덕에 면회 날마다 어깨가 으쓱해지곤 했다.

전역을 앞두자 후임들은 "병장님 사회 나가면 뭐부터 하실 겁니까?"라고 물어보았고, 나는 고민도 하지 않고 "여자 친구부터 봐야지."라고 대답했다. 전역할 때가 되면 그동안 기다려 준 여자 친구가 부담스러워진다는 풍문은 나에게 해당되지 않았다. 전역하는 날 부대 앞에서 경아가 기다리고 있었다.

전역 후 나는 바로 복학하지 않고 반년가량 자유를 만끽했다. 그동안 경아와 마음껏 데이트도 하고, 친구들과 하루가 멀다 하고 만나서 술을 마셨다. 부모님은 갓 전역한 아들의 자유 시간을 존중해 주셨고, 더불어 용돈도 넉넉히 주셨다. 그때까지 나는 그 흔하디흔한 알바조차 해 본 적이 없었다. 그렇게 정확히 딱 반년만 놀고 바로 복학을 했다. 여기서 더 풀어지면 경아가 실망할 것 같았다. 하지만 경아가 없는 캠퍼스 생활은 그다지 나를 성실하게 만들지 못했다. 결국 나는 1, 2, 3학년과 달리 형편없는 학점으로 4학년을 마쳤다.

졸업하자마자 취업한 경아와는 다르게 나는 이력서를 넣었던 모든 곳에서 떨어졌고, 결국 이도 저도 아닌 스물일곱 살 봄, '차라리 공무원 시험이나 준비해 볼까?'라는 생각으로 노량진에 입성을 했다.

부모님은 여전히 나를 지원해 주셨고, 나는 다른 아등바등하는 공시생들과 달리 생활비나 학원비 걱정 없는 환경에서 공시 준비를 했다. 사실 나는 공시 준비를 하는 동안에도 그다지 조급하지 않았다. 오히려 핑곗거리가 생겨서 더 좋았달까? 졸업 후 바로 취업을 하지 못했어도, 친척들에게 "7급 시험 준비하고 있어요."라고 대답하면 아무도 날 재촉하지 않았다. 나는 7급 시험을 준비하면서도 틈틈이 경아와 데이트를 즐겼다. 경아는 그사이 승진을 했고, 또 가끔씩 내 공부를 도와주었다.

첫 번째 시험에 떨어졌을 때, 경아는 7급은 원래 한 번에 붙는 시험이 아니라며 날 위로해 주었다. 당시엔 조금 속상하긴 했지만, 또 그리

크게 상심하지는 않았다. 사실 그렇게 최선을 다한 것도 아니었으니까. 그때의 나는 그 어떤 간절함 같은 게 없었다. 그냥 물처럼 공기처럼 흘러가는 대로 세월을 보내고 있었다. 두 번째 시험에 떨어졌을 때는 아예 심란하지도 않았다. 그냥 '드디어 시험이 끝났구나!', '당분간은 눈치 안 보고 좀 쉬어도 되겠네.' 정도의 마음이었다.

3년 차에도 부모님은 지원을 아끼지 않으셨고, 나는 그제야 어느 정도 공부에 감을 잡기 시작했다. 하지만 그렇다고 해서 또 엄청 최선을 다한 것은 아니었다. 단지 그 무렵 경아가 회사에서 큰 프로젝트를 맡게 되면서 자연스레 데이트가 줄어들었고, 그녀의 빈자리로 심심했던 나는 사람이나 만날 겸 스터디를 알아보게 되었다. 그중 영어 스터디에서 한 형을 만나게 되었는데, 그는 나와 정반대의 성격을 가진 사람이었다.

나와 한 살 차이였던 그 형은 경찰공무원 시험에 3년째 도전하고 있었다. 나와 비슷한 시기에 노량진에 입성했으나, 경제적인 이유로 독서실 알바를 병행하고 있었다. 그럼에도 불구하고 형은 나보다 영어 실력이 월등히 좋았다. 그는 나보다 열악한 환경에서도 공부를 게을리하지 않았고, 그래서인지 그 형이 나에게는 굉장히 신선하게 다가왔다. 아니, 어쩌면 경아와 비슷한 그의 근면함에 호감이 생겼던 걸 수도.

형은 영어 단어를 굉장히 잘 외우는 사람이었는데, 특히 숙어 암기가 장난이 아니었다. 손바닥만 한 단어장을 들고 다니면서 시도 때도 없이 공부를 하는 형의 모습에서 내게는 없는 무언가가 느껴졌다. 형은 왜 저렇게 아등바등 공부를 하는 걸까? 간혹 형이랑 대화를 하다 보면 주변의 다른 사람들과 자신을 끊임없이 비교하며 스스로를 몰아세울 때가 많았다. 이미 지금도 충분히 잘하고 있음에도 사회적으로 성공한 타인과 자신을 비교하는 것을 형은 멈추지 않았다. 형의 그런 부분은 좀 안타까웠다.

하루는 형의 호출로 신림동에 있는 한 점집에 찾아간 적이 있었는데, 그날 내 안의 무언가가 달라졌다. 뭐라 딱히 말로 설명할 순 없지만, 전에 없던 새로운 감정이 생긴 기분? 그게 좋은 쪽인지, 나쁜 쪽인지 당시에는 정확히 알 수 없었다.

그냥 어느 날 문득 생각해 보니 형은 독서실 총무 알바를 하면서도 그 많은 영어 단어를 암기해 왔다. 객관적으로 형과 나의 처지를 비교했을 때, 갑자기 내 자신이 너무나 무능하다는 생각이 들었다. 부모님으로부터의 넉넉한 지원과 안정적인 공부 환경을 가졌음에도 나는 형보다 모든 과목에서 뒤처졌다. 그걸 깨달은 순간 몹시 자존심이 상했고 서점에서 형과 같은 교재를 구입해 단어장을 만들어 암기를 하기 시작했다. 동일한 조건도 아니고, 누가 봐도 우월한 조건에서 성적이 뒤처진다는 건 상대보다 더 낮은 등급의 인간이라는 생각이 들었기 때문이다.

평생을 별다른 조바심 없이 느긋하게 살았던 내게 열등감과 조바심이 생기면서 언젠가부터 형과 나의 실력 차이가 노골적으로 비교되기 시작했다. 당시 경아는 그런 나의 모습이 낯설었는지, 너답지 않다는 말을 종종 꺼내곤 했다.

　나는 전에 없던 감정에 휩싸이면서 처음에는 너무나 괴로웠다. 잘나가는 친구들이 미칠 듯이 부러웠고, 자꾸만 남들보다 앞서 나가고 싶어졌다. 그러한 갈망은 끊임없이 나를 채찍질하며 잠시도 멈추어 있게 두지 않았다. 엉덩이에 진물이 날 정도로 공부를 했으며, 커피와 에너지 음료로 끼니를 때우기 일쑤였다. 보란 듯이 시험에 합격했을 때 친구들의 우러러보는 모습을 거듭 상상했다. 지금 당장의 열등감을 극복하기 위한 가장 좋은 방법은 미래의 우월감을 미리 맛보는 것이다.

　결국 나는 갑작스레 내 안에 생긴 열등감을 발판 삼아 공시 3년 차가 되던 해에 7급공무원 시험에 최종 합격했다. 경아는 당연히 해낼 줄 알았다며 제일 먼저 축하를 해 주었다. 나 역시 그런 내 자신이 너무나 자랑스러웠다. 주변에 합격 소식을 알리는 동안 이루 말로는 형용할 수 없는 성취감에 사로잡혔고, 그것은 마치 마약과도 같은 황홀함을 주었다.

　문제는 그다음이었다. 내 안에 생긴 열등감은 시험에 합격하자 방향을 틀어 다른 곳으로 향하기 시작했다. 열등감이라는 감정엔 만족이 없었다.

　친구 녀석 중에 부잣집에 장가를 간 녀석이 있었다. 내 시험 합격을 축하하기 위해 다 같이 모인 자리에 처가에서 뽑아 준 외제차를 타고 나타나 으스대는 꼴을 보니 배알이 꼬이기 시작했다. 문득 이제 7급도 합격했겠다, 나 정도면 저 녀석보다 더 좋은 집안 여자랑 결혼할 수 있지 않을까라는 생각이 들었다.

　경아는 또래에 비해 높은 직급에 연봉도 제법 많이 받는 편이었지만, 경아네 집안 자체가 넉넉한 것은 아니었다. 오히려 우리 집이랑 비교하면 경아네가 좀 기울었다. 우리 부모님은 경제적으로도 넉넉한 데다가 심지어 아들인 나는 서른 전에 7급에 합격했다. 경아가 싫어진 것은 아니었지만, 어쩐지 조금씩 마음이 식어 가고 있었다. 그런데 내가 경아한테 그러면 안 되는 거잖아⋯⋯. 경아는 내 생애 첫 여자 친구였고, 군대도 공시도 기다려 준 데다가, 늘 내 곁에서 나를 지지해 주었는데⋯⋯. 나는 나의 변심이 스스로 용납되지 않았다.

　"사랑을 좀 살 수 있을까요?"

　"물론이죠. 마침 며칠 전에 들어온 재고가 있거든요."

　민성은 창고에서 꺼내 온 플라스틱 통을 보여 주었다.

　"제가 진짜 이러면 안 되는 건데⋯⋯. 지금 제 여자 친구는 군대도, 공시도 전부 기다려 준 사람이거든요."

　종현은 마치 바람이라도 피운 사람처럼 죄스럽게 말했다.

　"여자 친구분을 더 이상 사랑하지 않으세요?"

　그런 손님이 못마땅했던 정우가 살짝 인상을 쓰며 물었다.

　"사랑하죠. 여전히 사랑하긴 하는데⋯⋯. 마음이 좀 부족해진 것 같아서요."

　"단골손님이시니까, 사랑은 좀 싸게 드릴게요."

　　　　　　　　　　　　　　　　　　　감정을 파는 소년

민성을 정우에게 눈짓을 했고, 정우는 계산기를 들어 가격을 보여
주었다.

"오늘 바로 사랑을 살게요. 이제 경아한테 예전처럼 다시 잘해 줄 수
있겠네요!"

민성은 플라스틱 통의 뚜껑을 연 뒤 사랑을 꺼내 종현의 손바닥에
쏟아부었다.

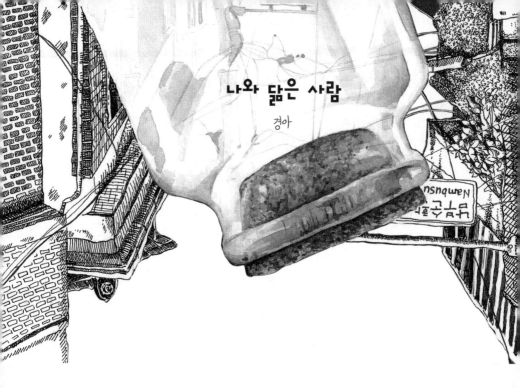

나와 닮은 사람

경아

난 종현이라는 사람이 기복이 없어서 좋았어. 나 역시 제법 차분한 성향의 사람인지라 감정 기복이 심한 사람을 옆에 두면 굉장히 스트레스를 받았거든. 다른 면에서는 종현과 나는 정반대의 성격이었는데 그는 매사가 느긋했고, 나는 항상 무언가에 몰두했지. 그래도 우리 둘 다 감정의 기복이 심하지 않아서 제법 잘 맞는 구석이 있었어.

시험에 망치고도 감정의 동요가 없는 그를 보았을 때, 참 신기하다고 생각했어. 물론 나는 한 번도 시험을 망쳐 본 적이 없어서 그게 정확히 어떤 기분인지 알지는 못했지만, 대부분의 친구들이 시험을 망쳤을 때 짜증을 내는 것을 보고 미루어 짐작은 할 수 있잖아. 하지만 종현은 여느 친구들과 어딘가 달랐어.

감정을 파는 소년

교내 남학생들이 내게 관심이 있다는 건 알고 있었어. 몇 번 고백도 받아 봤고. 그런데 종현은 내가 말을 걸었을 때 눈빛에 별다른 기복이 없는 거야. 그래서 나도 편했어. 종현이 가진 특유의 온도와 분위기가 있었는데, 그와 함께 있을 땐 나의 무언가를 포기하지 않아도 될 것만 같았거든.

종현은 종종 도서관에서 내게 우유를 뽑아 주었는데, 보통 핀잔을 주면 다음부터는 다른 걸 뽑아 올 법 한데도 그는 끝까지 우유만 뽑아 왔어. 나는 그런 그의 행동이 배려가 없어 보인다기보다는 주변 분위기에 휘둘리지 않는 것 같다는 생각이 들더라. 사실 우유가 싫었던 건 아니었으니까. 나는 성인이 되어서도 종종 탈지분유 맛이 나는 자판기 우유를 뽑아 마시곤 했어.

졸업식 날, 이대로 졸업하면 종현을 다시는 못 볼지도 모른다는 생각이 들었어. 그는 내게 집착하지 않았고, 학교라는 연결 고리가 끊어지면 우리의 관계도 자연스레 소멸될 것 같은 거야. 그래서 용기를 내 물어봤지. 저녁에 시간 되냐고.

사실 나는 그날 각자 대학에 가서도 우리 지금까지처럼 계속 친구로 잘 지냈으면 좋겠다는 말을 하러 나간 거였어. 하지만 약속 시간에 늦은 종현이 사과조차 하지 않는 것을 보고 할 말 없냐고 물었던 것인데 대뜸 고백을 할 줄은 몰랐어. 순간 당황한 나는 일단 생각해 보겠다며 집으로 돌아왔는데, 그날 깨달았던 것 같아. 나도 종현을 좋아한다는 걸 말이야.

연애를 시작한 뒤로도 우리 관계는 크게 변하지 않았어. 생애 첫 연애에 빠져 학점 관리에 소홀해졌다던가, 서로에게 집착한다던가 하는 일은 우리에게 일어나지 않았거든. 가끔 대학 술자리에서 남자 친구의 전화를 받으며 언성을 높이는 동기들이 종종 보였어. 하지만 종현은 한 번도 나를 구속한다던가, 의심하지 않았지. 나는 나를 신뢰하는 그가 좋았어. 문제는 간혹 내 눈에 뭐가 씌어 종현이 필요 이상으로 멋져 보일 때가 있었는데 그럴 땐 유치하게 아주 가끔 질투를 내색하기도 했어. 종현은 그런 나의 질투조차 가볍게 흘려 넘겼지만 말이야. 나는 여자 친구로서의 나를 무안하게 만들지 않는 종현이 고마웠어.

종현의 입대가 결정되었을 때, 나는 그가 내게 기다려 달라 말할 리 없다는 걸 잘 알고 있었어. 그건 내게 미안해서라기보다 내가 기다려도 기다리지 않아도 종현은 군대를 다녀와서 어차피 내게 다시 연락을 할 것이 분명했기 때문이야. 나는 그에게 작은 안심을 주고자, 학점 때문에 면회는 자주 못 갈 것 같다고 넌지시 말했어.

종현이 없는 동안 더욱 공부에 매진했어. 고등학생 때 처음 만난 이래로 이렇게 오랫동안 얼굴을 보지 못했던 것은 처음이었어. 사실 종현이 너무 보고 싶어서 남몰래 두어 번 눈물을 흘린 적이 있으나 그 사실은 아무에게도 말하지 않았어. 심지어 종현에게도 말이야. 그저 가끔씩 면회를 갈 때마다 최대한 예쁘게 꾸미고 갔어. 종현은 그럴 때마다 "왜 이렇게 예쁘게 하고 왔어? 불안하게……."라며 실없는 소리를 하곤 했지. 종현은 내 졸업식에 맞춰서 휴가를 나왔고, 나와 함께 졸업

감정을 파는 소년

식 사진을 찍었어. 나는 내 학사모를 종현의 머리에 씌우고 사진을 한 장 더 찍었어.

졸업하자마자 취직을 했고, 사실 정신없는 신입 수습 기간을 보내는 동안 종현에게 조금 소홀해졌어. 미안한 마음에 면회라도 갈 때면 부대원 수만큼 치킨을 포장해 갔는데, 나중에 알고 보니 그 덕에 내가 면회 갈 때마다 자기 어깨가 으쓱했다나 뭐라나. 참 자기 좋을 대로 생각하는 거 하난 진짜 한결같았어. 너무 종현답잖아?

종현이 전역할 무렵 회사 업무에 여유가 생겼어. 한동안 2년 치 데이트를 몰아서 했던 것 같아. 그는 바로 복학하지 않고 한동안 나와 친구들을 번갈아 만나며 자유를 누렸어. 같이 캠퍼스 연애를 할 땐 내가 장학금을 받아야 해서 공부에 매진하느라 금전적인 여유가 없었는데, 종현이 군대에 간 사이 바로 취직이 된 나는 처음으로 지갑이 풍족해졌어. 덕분에 종현이 전역했을 때 그와 마음껏 데이트를 할 수 있었지. 주로 학생회관 식당에서 데이트를 하던 우리가 어느덧 고급 레스토랑에서 칼질을 하게 된 거야.

반년 동안 자유를 만끽한 종현은 곧 복학을 했고, 무사히 졸업을 했어. 그는 졸업 후 몇 군데 이력서를 넣어 보더니 갑자기 공무원 시험을 보겠다고 선언했어. 아마도 취직이 생각만큼 잘 안 되자 그 같은 결심을 한 모양이야. 종현의 성격상 어떤 진취적인 일보다는 안정적인 공무원 생활이 더 적성에 맞을 수도 있겠다는 생각이 들었어. 나는 종현의 결정을 존중했고, 가끔씩 그의 공부를 도와주었지.

첫 번째 시험에 떨어졌을 때 처음으로 종현의 풀 죽은 모습을 보았어. 하지만 그는 이내 스스로 멘탈을 회복하더라고. 뭐니 뭐니 해도 그의 가장 큰 장점은 감정 기복이 크지 않다는 거였어. 대단히 좌절하지도, 또 대단히 기뻐하지도 않는 거. 그는 매사에 일희일비하지 않았어. 나 역시 종현이 그런 사람이었기에 그와 함께하는 시간이 부담스럽지 않았고.

두 번째 시험에 떨어졌을 땐 아예 실의에 빠지지도 않더라. 참으로 그답다 생각했어. 하지만 종현은 천천히라도 꾸준히 무언가를 해내는 사람이었지. 나는 그를 믿었어.

공시 3년 차에 접어들었을 때 나는 회사에서 큰 프로젝트를 맡게 되었고, 종현 역시 공부에 집중하기 시작했어. 난생 처음 보는 모습이었으나, 이번에는 정말 해내려나 보다 싶었지. 스터디에서 친한 형이 생겼다며 종종 이야기를 들려주었는데, 그 무렵 난 회사 일로 정신이 없었던 터라 사실 자세한 내용은 잘 기억이 나지 않아. 아무튼 3년 만에 그는 드디어 7급공무원 시험에 합격했어. 난 당연히 그가 해낼 줄 알았어.

그런데 종현이 조금씩 변하기 시작하더라? 시험에 합격한 직후에는 한동안 내게 좀 쌀쌀맞았는데, 당시에는 3년 공시 공부에 지쳐 그러려니 하고 넘어갔어. 그런데 어느 날부터 갑자기 과하게 애정 표현을 하기 시작하는 거야⋯⋯. 처음에는 '잠시 쌀쌀맞게 굴었던 걸 만회하려고 이러나?' 싶었어. 하지만 이내 애정의 형태가 잘못된 방향으로 달라

감정을 파는 소년

졌다는 걸 깨달았어. 종현은 내 회사 생활에 필요 이상으로 관심을 갖더니, 전에 안 하던 질투와 집착을 하기 시작한 거야.

"어디야? 회식이야? 그럼 거기 남자도 있겠네?"

"당연히 있지. 종현아, 갑자기 왜 그런 걸 확인하는 거야?"

"회사에 혹시 경아 너한테 치근덕대는 사람 있는 거 아니지?"

"우리 회사 직원들 중에는 그런 사람 없어."

어느 날은 굉장히 집착을 했다가, 또 어느 날은 의심해서 미안하다 비는 종현을 보면서 어쩐지 내가 알고 지냈던 그 사람이 아닌 것 같다는 생각이 들었어. 나는 우리 사이엔 굳이 말로 표현하지 않아도 서로에게 스며든 신뢰가 있다고 생각했는데, 종현은 끊임없이 사랑을 확인하고 싶어 했어.

나는 언젠가부터 그와 있을 때 더 이상 평온하지 못했어. 예전에는 종현과 함께 있을 때 종현만이 줄 수 있는 안정감이 좋았는데, 이제는 내가 그의 감정에 휘둘리기 시작했어.

데이트 날이 다가올수록 스트레스가 심해졌고, 데이트를 하는 동안에도 종현의 눈치를 봐야 했어. 누군가라면 행복했을지도 모를 그의 저돌적인 사랑이 내게는 다소 공격적으로 다가왔던 것 같아. 나는 시냇물같이 졸졸졸 흐르는 그와의 사랑이 좋았던 것인데, 지금의 그는 마치 허리케인 같았어. 이대로는 나의 무언가를 잃게 될 것만 같더라.

결국 나는 그에게 이별을 고할 수밖에 없었어.

"어서 오세요."

"저, 여자 친구랑 헤어졌어요."

가게 안으로 들어선 종현이 바체어에 앉으며 말했다.

"예? 지난번에 사랑을 구입하지 않으셨어요?"

정우는 의아하다는 듯 민성을 한 번 힐끗 본 뒤 종현에게 물 잔을 내밀며 물었다.

"맞아요……. 전 그날 이후로 경아를 너무너무 사랑하게 됐는데……. 이젠 경아가 저더러 헤어지자고……."

"저런……."

정우도 안타깝다는 듯 말을 잇지 못했다. 사랑까지 구입했는데, 남녀 간의 애정 문제는 역시 알 수 없다고 생각했다. 하지만 민성은 마치그의 이별을 예상했다는 듯 시니컬하게 말했다.

"마음의 근육도 스스로 키워 내야 건강하게 자리 잡는 법이에요. 스테로이드 맞은 근육은 그저 껍데기일 뿐이죠."

민성의 차가운 반응에 종현은 갑자기 눈물을 쏟기 시작했다.

"임마! 손님한테 무슨 소릴 하는 거야."

"권태기가 왔을 때, 손님 스스로 극복했더라면 아마도 여자 친구분은 손님을 떠나지 않았겠지만……."

민성은 잠시 말을 끊었다가 바테이블에 앉아 고개를 숙인 채 눈물을뚝뚝 떨구는 종현을 바라보며 이어서 말했다.

"내 마음을 스스로 단련하는 대신 남의 사랑을 사다가 쉽게 상황을

감정을 파는 소년

해결하려 했잖아요? 그런 상황엔 언제나 부작용이 따르기 마련이죠."

"전…… 전 그저……. 경아와 잘해 보려고……."

"지난번에 왔을 때 손님은 분명 마음이 부족해진 것 같다고 하셨어
요."

"그랬죠……."

"그런데 혹시 그런 생각은 안 해 보셨어요? 여자 친구분은 손님을
만나는 동안 단 한 번도 그런 마음이 든 적이 없었을까요?"

종현은 갑자기 머리를 한 대 세게 맞은 기분이 들었다.

"저희 가게에 경아라는 이름을 가진 손님은 한 번도 오신 적이 없으
니, 그분은 아마도 신림동 골목길 어딘가의 음침한 가게에서 남의 사랑
을 사다가 상황을 해결하시진 않았을 거예요. 스스로 마음의 근육을 키
웠겠죠."

"흑……. 끄흑……."

종현이 머리를 부여잡고 끄윽 끄윽 거리자 정우는 그만하라는 듯 민
성의 어깨를 붙잡았다. 민성은 무언가 더 하려던 말이 있었던 것 같았
지만 이내 입을 다물었다. 곧 가게 안에는 종현의 울음소리만이 가득해
졌다. 정우가 티슈를 건네었으나, 그는 옷자락에 얼굴을 파묻은 채 목
놓아 울었다.

"손님, 그럼 저희가 다시 사랑을 매입해 드릴까요?"

"참고로 감정을 파는 건 영혼의 살점을 도려내는 것과 같아요. 제대
로 회복이 될지, 도려낸 부위에 염증이 생길지는 알 수가 없죠."

정우의 말이 끝나기도 전에 민성이 덧붙였다. 오늘따라 민성은 유난히 더 차갑게 굴었다.

"안 팔래요……. 그럼 경아를 사랑하는 마음까지 사라지는 거잖아요……. 그건 절대 팔 수 없어요."

"잘 생각하셨어요."

그제야 민성은 손님의 어깨를 토닥였다.

손님이 돌아간 뒤 가게에는 정적이 맴돌았다.

"너, 일부러 그랬지."

"뭐가."

"저 손님한테 일부러 사랑을 판 거 아냐?"

정우는 그날 분명히 같이 있었으면서 또 민성이 어떤 수작을 부렸다고 생각하는 것 같았다. 하지만 민성은 그것에 대해 전혀 반박하지 않았다.

"재고 처리도 할 겸, 손님이 마침 구입하고 싶어 하길래."

"넌 저렇게 될 줄 알았던 거지?"

"난들 신도 아닌데 설마."

태연하게 바테이블을 닦는 민성을 보며 정우는 또 짧은 한숨을 내쉬었다.

"난 처음에 네가 이 일 시작하자고 했을 때, 수많은 사람들을 도울 수 있을 거라고 생각했어. 그런데 어째 감정을 사고파는 일이 사람들을 돕기는커녕, 왜 그들을 더 불행하게 만드는 것 같지?"

정우가 정색을 하며 묻자, 민성은 못 들은 척 말을 돌렸다.

"참, 머그 온도는 잘 유지하고 있어?"

"너, 말 돌리는 거야 지금? 됐다, 됐어. 이제 와 내가 너랑 무슨 얘기를 하겠냐. 그나저나 머그는 도대체 뭐길래 보관이 이렇게 까다로운 거야?"

방금 전까지만 해도 정우의 말을 못 들은 척했던 민성이 이번에는 웬일로 질문에 대한 명확한 대답을 했다.

"슬픔."

"슬픔? 그런 걸 사는 사람이 있다고? 아니 그보다 우리한테 슬픔을 팔러 온 손님이 있었나?"

그때 가게 안으로 엄청난 미모의 여성이 들어왔다. 민성은 갑자기 말을 돌리듯 손님께 먼저 인사를 건넸다.

"어서 오세요."

"어서……. 헐! 윤세진……?"

정우는 손님을 위아래로 훑어보며 믿을 수 없다는 듯 뒷걸음질 쳤다.

"저기 혹시, 여기서 슬픔을 좀 구입할 수 있을까요?"

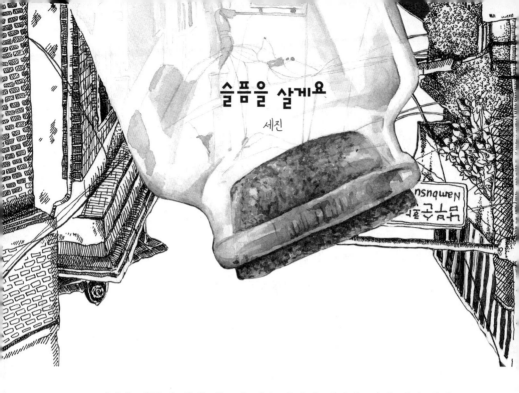

슬픔을 살게요

세진

어렸을 때부터 내게 예쁘단 말은 당연한 거였다. 어딜 가나 인기투표에서 1등을 했고, 빼빼로 데이나 화이트 데이 날에는 가방에 다 담지도 못할 만큼의 선물을 남학생들에게 받곤 했다. 심지어 여자애들마저도 하나같이 나와 친해지길 원했다. 흔히들 예쁘면 동성에게 따돌림을 당할 거라고들 생각하겠지만, 나에게는 해당되지 않았다. 예쁘고 잘생긴 친구를 선호하는 동성 친구는 생각보다 많았다.

공부는 적당히 했다. 친구들과 노는 게 더 좋았고, 심지어 선생님조차 내게는 그리 엄하지 않았다. 그렇다고 또 내가 공부를 아예 놓은 것은 아니었기에 반 평균보다 조금 높은 성적만으로도 나는 언제나 '얼굴도 예쁜데 공부도 잘하는 아이' 취급을 받았다.

감정을 파는 소년

"세진아, 넌 학원 어디 다녀?"

"나 학원은 따로 안 다니는데?"

"학원도 안 다니는데 공부를 그렇게 잘하단 말이야?"

"에이, 왜 그래~ 내가 무슨 반에서 상위권을 하는 것도 아니고……."

"세진이는 얼굴도 예쁜데, 공부까지 잘해서 좋겠다!"

"뭐래~ 네가 더 예뻐!"

적당한 겸손과 스스로의 외모 등급에 대한 무지. 그거면 원만한 학교생활이 가능했다. 물론 난 내가 예쁘다는 걸 분명히 알고 있었지만 말이다. 하지만 그걸 내색하는 순간 학교생활이 피곤해질 건 불 보듯 뻔했다.

하루는 교복을 입은 채로 친구들과 압구정에 놀러 간 적이 있었다. 친구와 함께 가로수길을 걷는데 어떤 아저씨가 내게 다가와 혹시 연예인 해 볼 생각 없냐며 명함을 건넸다. 친구들은 옆에서 연신 흥분을 감추지 못한 채 다 들리게 수군거렸고, 나는 민망해하며 수줍게 건네받은 명함을 주머니에 넣었다.

명함을 받은 뒤 카페에 들어가 "세진아, 너 이제 연예인 되는 거야?"라는 친구들의 호들갑스런 질문을 들으며 문득 그런 생각이 들었다. '정말 연예인이나 할까? 나 정도면 솔직히 예쁜 편이잖아?' 나는 부모님과 상의도 하지 않은 채 명함에 있는 번호로 연락을 했다.

명함을 건네었던 아저씨는 유명 보이그룹을 만든 대형 엔터테인먼트의 캐스팅 디렉터였고, 그곳에선 차기 걸그룹을 준비하고 있었다.

나는 간단한 오디션을 본 뒤 바로 연습생이 되었다. 중학교 3학년 여름 방학 때의 일이었다.

가로수길에서 명함을 건네받았던 날에는 당장 다음 달 바로 슈퍼스타가 되는 줄 알았다. 하지만 연습생 기간은 생각보다 길었고, 나 역시 조금씩 지쳐 갔다. 배우로 솔로로 나보다 먼저 데뷔하는 친구들을 보면서 열등감이 들었지만, 동시에 오랜 연습생 시절을 거쳐서 톱스타가 된 업계 선배님들을 보면서 위안을 삼기도 했다. '나에게도 머지않아 그런 날이 올 거야.' 매일 거울을 보며 안무 연습에 몰두했다.

"세진아, 이번 월말 평가 좀 아슬아슬했던 거 알지?"

"더 연습할게요! 제가 더 열심히 할게요!"

그동안 살면서 무언가에 그리 간절해 본 적이 없었던 나였기에 지금 생각해 보면 당시의 나는 10대 시절 중에서도 가장 최선을 다해 하루하루를 살았다. 유치원 장기 자랑 때 나는 적당히만 춤을 추어도 어른들이 하나같이 나를 너무나 예뻐했다. 초등학교 5학년 수련회 조별 장기 자랑에서도 다른 친구들은 열심히 안무를 외울 때 나는 비주얼 센터를 맡아 적당히 무대를 휘젓기만 했을 뿐인데 1등을 거머쥐었다. 중학교 1학년 땐 반 친구들의 환심을 사기 위한 별다른 노력을 하지 않아도 쉽게 반장에 당선되었다. 예쁜 얼굴로 살아간다는 건 여러모로 혜택이 많았다.

하지만 새로운 환경에서 나의 외모는 그리 대단한 것이 아니었다. 그곳에는 나보다 예쁜 연습생이 넘쳐 났으며 심지어 그녀들은 끼와 가

감정을 파는 소년

창력까지 두루 갖춘 인재들이었다. 태어나서 처음으로 어설픈 외모 등급이 매겨진 나는 그곳에서 남들보다 배 이상으로 노력을 해야만 했다. 이미 객관적 지표로 결정이 난 외모의 등급을 극복하려면 춤이면 춤, 노래면 노래, 실력이라도 좋아야 했기 때문이다. 사실 가창력 역시 어느 정도 타고나야 하는 부분이었기에 나는 더더욱 춤 연습에 매진을 했다.

고등학생 시절 내내 방과 후 연습실에서 사계절을 전부 보냈다. 부모님께서는 처음 오디션 합격 후 연습생이 되었을 때는 적극 지지를 해 주시더니, 점점 데뷔가 늦어지자 이내 다시 학업으로 돌아오길 바라는 눈치였다. 중학생 시절의 내가 공부를 아예 못했더라면 그런 생각도 안 하셨겠지만, 그 당시 어설픈 나의 성적이 더더욱 부모님을 갈등하게 만들었던 것 같다. 솔직히 공부라는 건 1년만 손을 놓아도 회복이 어려운데 말이다.

"세진아, 이제 연습생 그만두고 슬슬 진로를 결정해야 하지 않을까?"

"그만두긴 뭘 그만둬! 난 이미 진로 정했어. 가수 할 거라고 몇 번을 말해!"

"벌써 햇수로 4년 차인데, 내년에 대학은 가야지……."

나는 고3 대입을 앞두고도 데뷔가 결정되지 않았다. 불안하기로 치면 부모님보다 내가 더했을 것이다. 하지만 다시 공부를 시작하기엔 이미 너무 늦어 버렸고, 이대로 포기하기엔 지난 3년 동안 쏟아부었던 나의 노력이 너무나 아까웠다. 데뷔만 하면 그 모든 과정에 의미가 부여되겠지만, 데뷔하지 못하면 내 생애 가장 최선을 다했던 3년이라는 시간이 전부 하찮게 보일 것이다. 부모님 역시 그 같은 나의 노력을 모르시는 것이 아니었기에 단호하게 그만두라 말씀하지도 못하셨다. 결국 나는 원서만 넣으면 들어갈 수 있는 전문대 실용음악과에 입학을 한 뒤 바로 휴학을 했다.

휴학 후 나는 이제 일주일 내내, 온종일 연습실에 살다시피 했다. 몇몇 10대 친구들이 명함을 받아 이곳을 거쳐 갔으나, 대부분 중도에 꿈을 접었다. 어쩌면 나처럼 더 많은 시간을 허비하기 전에 과감히 이곳을 떠난 친구들이 훨씬 현명한 걸지도 모른다는 생각이 들었다. 기약 없는 연습생 생활은 나의 자존감을 나락으로 떨어지게 만들었다. 어느 날은 의욕에 넘쳐 꿈을 좇다가도 또 어느 날은 내가 아무것도 아닌 것 같았다. 이대로 무명의 연습생으로 내 인생이 끝나 버릴까 너무나 두려웠다.

연습실에는 나와 함께 2~3년 동안 연습생 시절을 버텨 낸 친구들이 두 명 더 있었는데, 둘 다 나보다 나이가 어렸다. 그녀들 역시 작년에 내가 직면했던 진로에 관한 고민을 하고 있었다. 나는 경쟁자라기보다는 인생의 선배로서 그녀들에게 나의 경험을 공유했다. 결국 우리 세 사람은 공중파 공개 오디션을 통해 들어온 새 멤버와 함께 4인조 걸그룹으로 데뷔를 하게 되었다. 그때가 내 나이 스물한 살 때였다.

나이 순으로는 두 번째였지만 연습생 기간이 제일 길었던 내가 팀

감정을 파는 소년

내 리더를 맡게 되었다. 그것은 별다른 노력도 없이 쉽게 성취했던 중학생 시절 반장과는 차원이 다른 직책이었다. 열다섯 살 이전의 나는 뭐든지 쉽게 가질 수 있었다면, 열다섯 살 이후의 나는 그 누구보다도 땀 흘려 노력해서 한 계단씩 올라왔기 때문에 그 어느 것 하나 감사하지 않은 것이 없었다.

어린 시절의 나는 타인의 호감을 사는 것이 제일 쉬웠다. 내가 살아온 대부분의 교우 관계에서 호감은 노력을 요하지 않았다. 하지만 이제는 팬들의 사랑을 받기 위해 끊임없이 나를 갈고 닦아야 했다. 연습도 마음가짐도 최선을 다해 노력하지 않으면 보상이 주어지지 않았다.

모든 연습생들이 그러하겠지만 데뷔만 하면 바로 음원차트 1위를 찍고, 대박이 날 거라고 기대를 한다. 우리도 마찬가지였다. 하지만 현실은 그렇지 못했다. 데뷔곡이 차트 인을 하기는 했지만, 반짝 주목을 받은 뒤 금세 순위에서 밀려났다. 우리는 팀을 알리기 위해 각종 예능에 출연을 했고, 그렇게 조금씩 이름을 알렸다. 다행히 공중파 오디션 출신 멤버의 인지도 덕분에 슈퍼스타까지는 아니어도 반짝 활동하다 사라지는 걸그룹은 면했다.

그렇게 앨범을 내고, TV 출연이 조금씩 잦아지자 부모님께서는 그제야 나를 굉장히 자랑스러워하셨다. 친척들 모임에서 종종 부러움의 시선을 받을 때면 "우리 딸은 될 줄 알았다니까? 세진이는 어렸을 때부터 끼가 많았거든!"이라며 어깨를 으쓱해하셨다. 고3 시절에 두 분 모두 내 연습생 생활을 못마땅해하셨다는 얘기는 쏙 빼놓은 채 말이다. 뭐 그런 건 아무래도 좋았다.

한동안 숙소생활을 하면서 개인 핸드폰을 가질 수 없었는데, 데뷔 3년 차에 접어들면서 개인 핸드폰을 가질 수 있었다. 사실 음악방송에서 몇 번 보이그룹 멤버들에게 연락처를 받은 적이 있었다. 매니저와 스타일리스트 눈을 피해 응원의 음료를 건네는 척 쪽지에 번호를 적어 함께 건네곤 했는데, 그렇게 연락처를 받아도 연락을 할 방법이 없었다. 아이돌들도 실은 몰래몰래 연애를 한다고는 하지만, 우리처럼 매니저, 스타일리스트와 함께 숙소생활을 하면서 핸드폰도 없는 걸그룹에게 연애란 불가능에 가까웠다. 그래서 개인 핸드폰이 생기자마자 내가 가장 먼저 한 일은 바로 비밀연애였다.

중학생 시절만 해도 남자 친구가 제법 있었는데, 연습생 시절 이후로 연애는 꿈도 꿀 수 없었다. 그렇다 보니 스물네 살이 되어서야 제대로 된 성인으로서 첫 연애를 하게 된 것이다. 물론 그로 인해 사랑의 열병도 어마어마하게 앓았지만 말이다.

당연한 얘기지만 아이돌끼리의 연애는 철저히 비밀리에 부칠 수밖에 없다. 그렇기 때문에 상대가 바람을 피워도 알 길이 없고, 어찌어찌 알게 되어도 공공연하게 비방조차 할 수 없다. 나의 경우, 내 남자 친구가 다른 여배우와 스캔들이 났을 때가 그랬다.

속보 – 아이돌 ○○, 여배우 △△△과 핑크빛 열애 중!

감정을 파는 소년

연일 포털 사이트 검색어에 내 남자 친구와 모 여배우의 이름이 오르내리는 걸 보면서 원망, 분노, 수치심, 증오가 솟구쳤으나 그러한 감정을 그 누구에게도 내색조차 할 수도 없었다. 소속사는 물론 팀 멤버 중에도 나의 비밀연애를 아는 사람이 없었기에 실연을 삭히는 작업은 오롯이 내 안에서여야만 했다.

그룹 활동을 하는 동안, 가창력이 좋은 멤버는 솔로로 활동을 하기도 한다. 하지만 나 같은 경우에는 팀 내 댄스를 맡고 있었고, 가창력이 그리 뛰어난 편이 아니어서 솔로 활동의 기회가 주어지지 않았다. 소속사에서는 그런 나를 연기 쪽으로 조금씩 밀어주었다.

처음에는 드라마 보조 출연자나 카메오 정도로만 출연했는데, 조금씩 필모그래피를 쌓으면서 조연까지 맡게 되었다. 언젠가부터 그룹 활동 공백기에 춤 연습이 아닌 연기 연습에 몰두하기 시작했다. 이쪽 업계는 아이돌 시장과는 또 다른 세상이었고, 의외로 나는 가수 활동보다 연기가 더 적성에 맞았다. 노력은 절대 배신하지 않는다는 걸 데뷔를 통해 체득한 나는 그때부터 배역을 마다하지 않고 오디션을 보러 다녔고, 작은 역할이라도 최선을 다해 준비했다. 늘 아이돌 출신이라는 꼬리표가 따라다녔지만, 그런 소문에 주눅 들지 않으려면 실력으로 보여 주는 수밖에 없다고 생각했다. 그 같은 나의 노력이 빛을 보기 시작한 건, 연기를 시작한 지 5년 차에 접어들었을 때였다. 드디어 주연 배우로 캐스팅이 된 것이다.

처음으로 맡은 주연은 로맨스 드라마였는데, 마침 줄거리가 내 비밀

연애 시절과 비슷했다. 회사 내 상사와 사내 비밀연애 중 상대방에게 약혼자가 있다는 사실을 알게 되면서 벌어지는 일들을 그려 낸 시나리오를 보면서 그때의 분노가 생생하게 떠올랐다. 나는 당시 세상에 공공연하게 드러내지 못했던 감정을 연기로 표출했고, 일약 스타덤에 올랐다. '차세대 로코퀸'이라는 제목의 기사들이 쏟아지면서 걸그룹 시절보다 훨씬 높은 인지도를 얻게 되었다.

취준생들의 현실을 담아낸 옴니버스 드라마의 한 에피소드를 맡게 되었을 땐 기약 없는 연습생 시절을 떠올리며 연기했다. 곧 수많은 시청자들의 공감대를 자극했고, 이후 더 이상 연기력 논란이라던가, 걸그룹 출신의 한계라는 등의 커뮤니티 반응은 찾아볼 수 없었다.

어느새 데뷔 11년 차에 접어들었고, 그중 절반가량을 배우로 보냈다. 그룹은 7년 차에 해체되었고, 연기에 전념하기 위해 소속사를 옮겼다. 아이러니한 사실은 걸그룹 활동 당시에는 팀 내 인지도가 가장 낮았던 내가 배우로 전향한 뒤 온 국민이 아는 국민 배우가 되었다는 것이다. 역시 노력보다는 재능인 걸까? 걸그룹을 준비할 때는 끼와 재능이 없는 상태에서 외모 하나로 명함을 받아 피나는 노력으로 데뷔를 했는데, 배우를 할 때는 연습실에 살았던 시절만큼 안간힘을 다하지 않아도 적당한 노력으로 큰 성과를 낼 수 있었다. 어떤 배역이 주어졌을 때 캐릭터를 잡는 게 나한테는 그리 어렵지 않았다. 첫 주연이었던 로맨스 드라마 이후 주로 비슷비슷한 작품이 들어왔기 때문에 캐릭터 분석 후 전작과 다른 개성만 입혀 주면 마치 배역이 나에게 딱 맞는 맞춤옷 같은 기분이 들었다.

하지만 반복되는 작품들 속에 점점 연기가 다 거기서 거기라는 여론이 돌기 시작했다. 사실 서른이 넘어서면서부터 갓 데뷔한 젊고 어린 배우들에게 조금씩 밀리고 있었다. 그녀들은 대단한 연기력을 갖추지 않아도 뉴페이스라는 점에서 캐스팅에 좀 더 유리했다. 대중들은 늘 새로운 것을 원했고, 드라마 속 영원한 로코퀸은 없는 법이다. 결국 나는 내 의지는 아니었지만 배우로서의 공백기를 갖게 되었다.

2~3년간 작품이 들어오지 않았고, 어느덧 내 나이도 서른 중반이 되었다. 대중들에게 잊힐까 조금씩 두려웠던 나는 다시 오디션이라도 봐야 하나 싶었지만, 차마 주연급 배우로서의 자존심이 그것을 허락하지 않았다. 그러던 어느 날 과거 함께 작품을 했던 감독님으로부터 드라마 제의를 받게 되었는데, 제안받은 역할이 처음엔 너무나 당혹스러웠다. 시집도 안 간 처녀한테 미혼모 역할이 들어온 것이다.

불과 몇 년 전까지만 해도 로맨스 드라마의 여주인공을 맡았던 나에게 애 엄마 역을 하라니……. 순간 너무나 울컥했다. 공백기의 배우에게 작품 제안이 얼마나 큰 호의인지 모르는 것은 아니지만, 여배우의 정점을 찍고 꺾이는 순간이 바로 오늘인 것만 같았다. 그 비참함은 이루 말로 설명을 할 수가 없었다.

해당 배역을 맡게 되면 이제 다시는 로맨스 드라마를 찍을 수 없게 될 것이 자명했다. 물론 서른다섯의 나이가 결코 적지 않다는 것을 모르는 바는 아니지만, 마음만큼은 여전히 20대 시절에 머물러 있었고,

심지어 나는 아직 결혼도 하지 않았다. 당장 내일이라도 불꽃같은 사랑을 할 수 있을 것만 같은 나에게 미혼모 역은 여배우 인생에서 사형 선고와 다름이 없었다.

하지만 포털에 내 이름을 쳤을 때 나오는 가장 최신 기사가 무려 1년 전이었고, 그마저도 개인 계정에 올린 근황 사진에 대한 '복붙' 기사였다. 이제 슬슬 대중들도 윤세진을 잊어 가고 있었다. 이대로 콧대를 높이며 작품을 재고 있을 상황이 아니었다. 감독님의 완곡한 설득에 못 이기는 척 결국 나는 캐스팅에 응할 수밖에 없었다.

나름 왕년의 로코퀸이었기에 내 복귀작은 다시 여론의 주목을 받았다. 단숨에 화제성 1위에 올랐으며 인터넷 커뮤니티를 후끈하게 달궜다. 새삼 전성기 시절이 떠올라 다시금 그때의 설렘에 젖기도 했다.

전반적인 줄거리는 미혼모인 여주인공의 아이가 희귀병을 앓게 되면서 주인공이 겪게 되는 일상에 관한 것이었다. 나는 극 중 미혼모 '진희'를 맡게 되었다. 첫 대본 리딩에 들어가기 전 집에서 캐릭터 분석을 하는데, 문득 그 순간 머리가 새하얘져 버렸다.

오랜 공백기 탓인지, 아니면 살면서 한 번도 경험해 보지 못한 상황에 대한 공감 부족인지 알 수 없는 이유로 배역에 대한 몰입이 쉽게 이루어지지 않았다. 늘 배역에 대한 유사 상황의 경험이 있었지만, 이번에 맡은 역할은 주변에서 찾아보기조차 힘든 케이스였다.

물론 일찍 결혼한 친구들 중에는 벌써 아이 엄마가 된 친구도 있었다. 가끔씩 아이들과 함께 만나서 키즈카페에 간다거나, 친구네에 놀러 간 적은 있어도 '엄마의 마음'이라는 건 내가 어설프게 가늠할 수 있는 게 아니었다. 게다가 배우자도 없이 혼자서 불치병에 걸린 아이를 키우는 여자의 심리를 도대체 어떻게 연기해야 한단 말인가. 촬영 날이 다가올수록 눈앞이 깜깜하다 못해 공기마저 날 짓누르는 것만 같았다.

첫 리딩을 맞춘 뒤, 감독님은 실망한 기색을 감추지 못했다. 나는 어떻게든 배역을 제대로 연기하기 위해 집으로 돌아와 수도 없이 연기 연습을 했으나 도통 감정이 잡히질 않았다. 그렇게 엉망으로 촬영이 시작되었다.

첫 방송이 나간 뒤, 인터넷에는 어마어마한 혹평이 쏟아졌다. 다시금 아이돌 출신 배우의 한계, 로코퀸의 몰락 등 자극적인 제목의 기사들이 쏟아져 나왔다. 첫 방송 시청률에서 정점을 찍은 뒤 시청률 그래프는 조금씩 하향 곡선을 그리게 되었다.

하지만 다행히 회차를 거듭하면서 조금씩 아역 배우와의 케미가 더해져 드라마 중반부쯤 간신히 연기력이 안정되었다. 혹평이 조금씩 줄어들면서 다행히 시청률도 곧 자리를 잡았다.

드라마 후반부 촬영에 다다르자, 점점 대본이 늦어졌다. 사전 제작 드라마가 아닌 이상, 대부분의 드라마 촬영은 후반에 거의 생방송 수준으로 촬영이 이루어진다. 쪽대본이 오기도 하고, 밤샘 촬영이 불가능한 아역 배우로 인해 함께하는 신은 최대한 낮에 몰아서 찍는다. 그로 인해 그 외 나머지 장면들은 밤을 새워서라도 어떻게든 만들어 내야 한다.

마지막 촬영을 앞두고 도착한 쪽대본엔 아이의 죽음 앞에 여주인공이 오열하는 장면이 디테일하게 묘사되어 있었다. 하지만 아무리 디테일한 대본도 감정의 결을 정확하게 지시하는 것은 불가능했다. 내 목숨과 맞바꾸어서라도 지키고 싶은 존재의 부재가 어떤 슬픔인지, 사랑하는 아들을 먼저 떠나보낸 엄마의 심장이 뜯기는 것 같은 고통을 도무지 어떻게 표현해야 하는 것인지 도통 감을 잡을 수가 없었다. 나는 감독님께 양해를 구한 뒤, 촬영을 딱 하루만 미루었다. 드라마 초반부도 아니고 후반에 촬영 일정을 미루는 것은 전 스태프들에게 굉장히 실례가 되는 상황이었지만, 이대로 드라마 마지막 명장면을 망칠 순 없었다.

"혹시 이곳에서 슬픔을 구할 수 있을까요?"

세진은 푹 눌러쓴 모자를 벗으며 말했다.

"어, 어……. 윤세진 씨 아니에요?"

"아, 네."

"대박……. 대박!"

손님을 알아본 정우는 손으로 입을 틀어막으며 비명을 질렀다. 반면 민성은 별다른 반응을 하지 않았다.

"그나저나 세진 씨가 이런 누추한 곳에 어, 어쩐 일로……?"

"우리 가게가 어디가 어때서."

감정을 파는 소년

민성은 딱히 가게에 애정이 있는 것도 아니면서, 정우가 스스로 가게를 깎아내리는 것이 못마땅한 듯 보였다. 문제는 지금 정우에겐 민성의 말이 전혀 들리지 않는다는 거였다.

　"드라마 잘 보고 있어요! 이번에 그……."

　"방금 전에도 촬영하다 왔어요."

　벗은 모자를 바테이블에 내려놓으며 세진이 대답했다. 곧이어 그녀는 정우와 민성을 번갈아 바라보며 물었다.

　"두 분은 형제인가요?"

　"아뇨."

　민성이 짧게 대답하자 정우가 민망하다는 듯 민성의 어깨를 쳤다.

　"손님한테 너무 퉁명스러운 거 아냐? 하. 하. 저희 엔지니어가 원체 낯을 가려서요. 저희는 형제가 아니라 단순 동업자예요. 제가 사장이고, 이 친구가 엔지니어죠."

　"아, 이분이 엔지니어시구나……. 어려 보이는데."

　"이래 봬도 실력은 확실하답니다! 고객님들 만족도도 제법 높아요."

　"다행이네요. 제가 오늘 슬픔이 꼭 좀 필요해서요."

　"슬픔엔 다양한 종류가 있는데 구체적으로 어떤 슬픔이 필요하신 건가요?"

　그릇을 닦던 민성이 심드렁한 목소리로 물었다.

　"사랑하는 사람을 잃은 슬픔이요."

　아주 잠깐 가게 안에 정적이 맴돌았다. 그릇을 닦던 민성의 손이 잠간 멈칫했으나, 정우는 그것을 눈치채지 못했다.

"한때 걸그룹이었다가 연기로 전향한 이후, 드디어 적성을 찾은 것만 같았어요. 연기를 할 때의 제 모습이 너무나 좋았죠. 하지만 점점 어린 친구들이 치고 올라오면서……."

"무슨 말씀이세요! 세진 씨는 언제까지나 남자들의 영원한 여신인 걸요?"

정우의 칭찬에 쓸쓸한 웃음을 지으며 세진이 대답했다.

"감사합니다. 그런데 최근에 찍게 된 드라마에서 미혼모 역을 맡게 됐어요. 문제는 제가 결혼을 해 본 적도 아이를 가져 본 적도 없다 보니 아이를 잃은 슬픔을 어떻게 연기해야 할지 모르겠다는 거예요. 어설픈 연기로 실제 아이를 키우시는 시청자분들께 공감을 드리지 못하게 될까 봐……."

민성은 묵묵히 세진의 이야기를 듣고 있었다. 그는 한참을 생각하는 듯하더니, 이내 창고로 들어가 뚜껑 덮인 머그를 가져왔다.

"하루 촬영에 필요한 만큼의 슬픔만 구입하시면 되는 거죠?"

"네. 변명 같겠지만 저를 믿어 주신 감독님 및 스태프 분들께 마지막까지 폐를 끼치고 싶지 않아서요……. 배우로서 자격 미달인 거 저도 알아요. 염치없지만 소량의 슬픔을 제게 좀 팔아 주실 수 있을까요?"

"손바닥을 좀 내밀어 주시겠어요?"

민성은 머그를 덮은 뚜껑을 열었다. 안에는 우윳빛깔과 매우 유사한 액체가 담겨 있었다. 그는 곧 바테이블 옆 서랍에서 스포이드를 꺼내

감정을 파는 소년

왔다.

"미리 말씀드리지만, 후유증이 굉장히 심할 거예요. 그래도 구입하시겠다는 거죠?"

세진은 고개를 끄덕였다. 민성은 스포이드로 머그에 담긴 슬픔을 딱 한 방울만 꺼내어 그녀의 손에 떨어뜨렸다.

"요금은 받지 않을게요. 촬영 잘하세요."

"감사합니다."

세진은 정우와 민성에게 정중하게 인사를 건넨 뒤, 다시 모자를 푹 눌러쓰고 가게를 나섰다. 정우는 한참 넋을 놓은 채 세진의 뒷모습을 바라보았다.

"웬일이야? 돈도 안 받고?"

"저 사람 노래를 좋아했거든."

"윤세진 노래를? 저 사람 활동하던 땐 너 한참 어렸을 때일 텐데?"

"나 말고……."

민성은 머그의 뚜껑을 덮은 뒤, 조심스럽게 다시 창고로 가져갔다.

이튿날 촬영장에 도착한 세진은 마지막 신 촬영을 위해 대본을 확인하고 있었다. 곧 침실처럼 꾸며진 세트장으로 이동해 아역 배우를 기다렸다. 다들 촬영을 연기한 세진 때문에 조금씩 예민해져 있었다. 곧 감독님이 세트장으로 돌아왔고, 스태프들은 분주하게 촬영장 상태를 점검하기 시작했다. 감독님의 사인과 함께 촬영이 시작되자, 세진은 감정을 다잡고 아역 배우가 누워 있는 침대로 다가갔다.

> **진희** (병실 침대로 다가가 아들의 볼을 만지며) 건우야.
>
> **건우** (눈을 슬며시 뜨면서 엄마를 바라본다.) 엄마…….

세진은 떨리는 손으로 아들이 만지면 부서지기라도 하듯 조심스럽게 아역 배우의 볼을 쓰다듬었다. 하지만 그녀의 눈가에는 눈물이 조금도 맺혀 있지 않았다.

> **진희** 엄마 아들로 태어나 줘서 고마워.
>
> **건우** 엄마, 엄마 너무 힘들게 해서 미안해…….
>
> **진희** 무슨 소리야, 엄마는 건우 엄마라서 얼마나 행복했는데…….

세진은 밝게 웃어 보이며 아역 배우와 눈을 맞추었다. 그런데 그 웃음은 뭐라 말로는 형용할 수 없는 깊은 슬픔에 젖어 있었다. 촬영장에 있는 모든 스태프들이 숨소리를 죽인 채 그녀의 연기를 지켜보았다.

> **건우** 엄마, 나 다음에 다시 태어나면 그때 또 엄마 아들로 태어나
> 도 돼?
>
> **진희** 물론이지. 우리 건우 길 잃어버리지 말고, 엄마한테 꼭 다시
> 와야 해? 약속!

세진이 새끼손가락을 아역 배우에게 내밀자, 아역 배우가 그대로 눈을 감았다. 세진은 끝까지 웃고 있었다. NG인 걸까? 스태프들은 조마조마하며 감독의 눈치를 보고 있었다. 하지만 웬일인지 감독은 NG사인을 내지 않고 있었다.

곧 아역 배우의 고개가 힘없이 베개로 떨구어졌고, 그제야 세진은 아이를 조심스럽게 품에 안았다. 이어서 그녀가 아이를 안은 채 온몸으로 흐느끼기 시작했다. 처음에는 끄윽 거리던 울음이 곧 오열로 바뀌었다. 그 장면을 본 촬영장 내에 있는 사람들이 하나둘 눈물을 떨구기 시작했다. 촬영장 안에는 정적을 찢는 세진의 울음소리만이 가득했다. '어떻게 사람이 저 정도로 목메어 울 수 있을까?' 싶을 정도로 세진은 온몸으로 오열했다.

"컷!"

감독의 OK사인이 떨어졌지만 현장의 그 누구도 배우에게 다가가지 못했다. 세진이 여전히 아역 배우를 끌어안고 있었기 때문이다. 마치 아역 배우가 진짜로 윤세진의 자식 같았고, 그 장면은 정말로 죽은 아이를 품에 안은 엄마의 모습과 다름없었다.

이어서 촬영된 장례식 장면과 무덤 앞에서 아이를 추모하는 신들 역시 한 번에 OK사인을 받았다. 하지만 모든 촬영을 마친 다음에도 세진의 표정은 돌아오지 않았다. 정말로 자식을 떠나보낸 사람처럼 눈에 초점이 없었다.

"저게 메소드 연기인가?"

"와……. 나 윤세진 씨 다시 봤어……. 아니 어떻게 아이도 없으면서 저런 연기를 할 수 있지?"

"난 아까 정말로 건우라는 아이가 죽은 것처럼 느껴졌어……. 저런 걸 연기라고 할 수 있나? 저게 어떻게 연기야!"

마지막화가 나간 뒤 인터넷 커뮤니티엔 윤세진에 관한 기사로 난리가 났다. 보는 사람마저 통곡하게 만든 신들린 연기라느니, 남자가 봐도 먹먹할 정도로 몰입감이 장난이 아니었다는 등의 극찬으로 도배가 되었다.

"드라마 봤어? 윤세진이 우리한테 슬픔 사 간 날 촬영한 거 봤냐니까?"

"아니."

핸드폰을 들이밀며 정우가 호들갑을 떨었지만, 고작 그 정도로 민성의 관심을 끌 수 있을 리가 없었다.

"지금 인터넷에 난리가 났어! 신들린 연기라고……. 와……. 나도 그거 보면서 같이 울었다니까?"

"……."

정우의 거듭된 호들갑에도 민성은 여전히 별다른 반응을 하지 않았다. 그런 민성의 반응이 멋쩍었던 정우는 괜히 화제를 돌려 민성에게 물었다.

"근데 그날 진짜 딱 한 방울이었잖아. 어떻게 그 한 방울로 저 정도

감정을 파는 소년

연기를 할 수 있지?"

"한 방울이었기에 망정이지, 다른 감정처럼 원액째로 팔았으면 아마 감당 못 했을걸."

"그나저나 저 머그에 들어 있는 슬픔은 도대체 뭐야? 저렇게 위험한 슬픔을 팔러 온 손님이 있었나?"

"형네 집에 올 때 처음부터 있었던 거야."

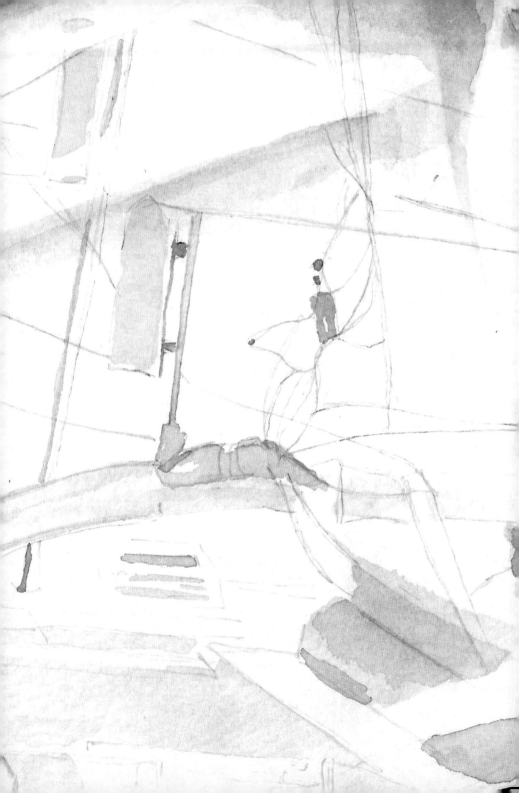

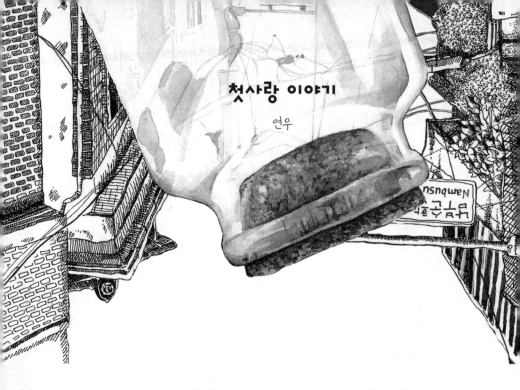

첫사랑 이야기

연우

연우는 열일곱 살 때 집에서 가출을 했어요. 그녀가 가출을 한 이유는 반항이라던가, 부모님이랑 사이가 안 좋아서라던가 하는 류의 이유는 아니었죠. 채팅 메신저가 한창 유행하던 당시 고1이었던 연우는 인터넷으로 한 남자를 알게 되었어요. 처음에는 채팅 친구 정도였는데, 그와 대화를 나누면 나눌수록 그녀는 조금씩 상대가 궁금해졌죠. 그 남자와의 대화는 항상 깊이가 있었고, 그는 마치 세상의 모든 정답을 다 알고 있는 사람 같았거든요.

연우는 매일같이 PC에 접속해 그와의 메신저 대화 시간만을 기다렸어요. 학교에서 있었던 소소한 일상 이야기부터 비밀 이야기까지, 연우는 마치 자신만의 대나무 숲이 생긴 기분이었거든요. 그는 늘 정해

감정을 파는 소년

진 시간에 접속을 했지만, 어쩐지 학생은 아닌 것 같았어요. 연우를 결국 용기를 내 그에게 말했죠.

만나고 싶어요.

가상 공간에서 대화를 나눈 지 석 달쯤 지났을 때 두 사람은 드디어 서로를 만나기로 결심했어요. 만남에 대해서 먼저 말을 꺼낸 것은 연우였지만, 그 역시 기다렸다는 듯 연우의 제안을 흔쾌히 수락했어요.

온수역 4번 출구 앞에서 연우는 떨리는 마음으로 그를 기다렸어요. 계단으로 남자 머리가 올라올 때마다 '그인가?' 싶어서 눈을 맞추었지만, 그들은 하나같이 연우의 시선을 피했어요. 약속 시간이 조금씩 다가오자 연우의 심장이 빠르게 뛰기 시작했어요. 그렇게 하염없이 지하철 계단만 바라보던 연우의 등 뒤로 그가 도착한 거예요.

"안녕."

"아. 안녕하세요!"

딱 봐도 훤칠한 키에 훈남이었던 그는 한 번에 연우를 알아보았어요. 두 사람은 4번 출구 바로 근처에 있는 카페로 자리를 옮겼죠. 하지만 연우는 바로 맞은편에 앉은 그의 눈을 도무지 맞추지 못했어요. 방금 전 지하철 계단으로 올라오는 남자들의 눈은 잘만 응시했으면서 말이죠. 그런 연우가 귀여웠던 그가 먼저 가볍게 분위기를 풀었어요.

"연우야, 나 어색해?"

"아, 아뇨……. 조금?"

"솔직하네, 실은 나도 지금 엄청 떨리거든."

"오빠도요?"

"메신저로 대화하는 동안 너라는 사람이 굉장히 궁금했지만, 차마 만나자는 말은 먼저 못 하겠는 거야. 고1이잖아."

"제 나이 아시는구나……. 아, 제가 지난번에 말했죠……. 근데 오빠는 몇 살이에요?"

"몇 살로 보여?"

"대학생? 스무 살은 넘었을 것 같아요."

"나이 들으면 깜짝 놀랄 것 같은데……. 난 스물여섯 살이야."

연우는 순간 마시던 음료를 뿜을 뻔했어요. 대화를 하는 동안 상대가 엄청 어른스럽다고 생각하긴 했지만, 그는 자신보다 무려 아홉 살이나 많았던 거예요.

"와, 그동안 저 완전 애 같았겠다……."

"귀여웠어."

그는 묘한 미소를 지으며 태연하게 말했어요. 순간 연우는 스스로 얼굴이 빨개지는 것을 느꼈죠.

"장난치지 말아요!"

"장난 아닌데, 정말 귀여웠어. 그런데 실제로 보니까 예쁘네."

귀까지 빨개진 연우는 얼굴을 푹 숙인 채 얼음밖에 남지 않은 음료잔에 꽂힌 애꿎은 빨대만 쪽쪽거렸어요.

감정을 파는 소년

"오……오빠는 여자 친구 있어요?"

"있으면 오늘 여기 나왔겠어?"

"그럼, 제가 오빠 여자 친구 해도 돼요?"

평소 낯가림이 심했던 연우는 도대체 어디서 그런 용기가 났는지 스스로도 믿어지지 않았어요. 하지만 지금 자신의 맞은편에 앉아 있는 저 사람이 너무나 갖고 싶었어요. 그렇게 결국 고1 여름 연우에게 생애 첫 남자 친구가 생긴 거예요.

집으로 돌아와 이불을 걷어차며 마른 비명을 지르자 남동생 정우가 방으로 들어왔어요.

"누나 미쳤어? 왜 그래?"

"정우야, 있잖아~ 에이, 아니다!"

괜히 정우한테 말했다가 부모님 귀에 들어가면 피곤해질 수도 있겠다 생각한 연우는 발설하려던 비밀을 도로 주워 담았어요. 정우는 누나가 왜 저러는지 도통 알 수 없다는 표정으로 연우의 방문을 닫으며 나갔죠.

연우의 생애 첫 연애는 너무나 달콤했어요. 심지어 성인 어른과의 연애라는 상황이 주는 설렘은 고1 여고생이 감당할 수 있는 수준을 훨씬 뛰어넘은 거예요. 남자 친구가 생긴 뒤로 또래 동급생 남자애들은 전부 코흘리개로 보일 지경이었으니까요.

그는 언제나 자상했고, 든든했어요. 어떨 땐 부모님보다도 더 어른 같았죠. 연우는 매일 학교에서 있었던 일들을 문자로 미주알고주알 떠들었고, 그럴 때마다 그는 그녀의 얘기를 진지하게 경청해 주었어요.
스물여섯 살의 남자에게 여고생의 일상 같은 이야기는 분명 시답잖은
내용들이었을 텐데 말이에요.

세 번째 데이트를 마친 뒤, 집 근처까지 데려다주는 그에게 연우는
용기를 내 뽀뽀를 했어요.

"첫 키스에요."

수줍게 말하는 연우에게 그가 말했어요.

"이거 키스 아닌데⋯⋯."

"네?"

그는 갑자기 연우를 벽 쪽으로 밀어붙인 뒤, 두 볼을 양손으로 감쌌
어요. 연우는 가까운 거리에서 뚫어지게 바라보는 그가 당황스럽고,
동시에 이 상황이 너무나 부끄러웠어요.

곧 그의 입술이 연우의 입술로 포개어지면서 그의 혀가 연우의 입
안으로 들어오기 시작했어요. 연우는 순간 당황한 나머지 입술을 앙
다물어 버렸죠. 하지만 거칠게 들어오는 그의 혀를 멈추지는 못했어
요. 갑자기 숨 쉬는 법이 생각나지 않았던 연우는 점점 호흡이 가빠졌
어요. 그는 그제야 입술을 떼며 말했어요.

"이게 키스야."

가쁘게 숨을 내쉬며 양 볼이 빨개진 연우를 그는 사랑스럽다는 듯
와락 껴안았어요.

"연우야, 다음엔 오빠 집에 놀러 올래?"

감정을 파는 소년

"네……."

순진했던 여고생은 그 질문의 의미를 알지 못했어요.

"누나, 어디 갔다 와?"

"친구네 집."

"요즘 너무 늦게 다니는 거 아냐? 엄마한테 아까 전화 왔어."

연우가 중학생 때, 지방 발령이 난 아버지로 인해 주말마다 어머니는 지방에 거주 중인 아버지 댁으로 내려가곤 하셨어요. 다 같이 이사를 갈 법도 한데, 그러지 않았던 이유는 첫째, 부모님 왈 '애들 학교는 서울에서 다녀야 한다.' 둘째, 정우 왈 '난 전학 가기 싫어.' 때문이었죠.

덕분에 연우는 주말마다 마음껏 남자 친구와 데이트를 할 수 있었어요. 어떤 주말은 집에 아예 안 들어간 날도 있었죠. 연우는 고등학교를 졸업하자마자 오빠와 결혼하리라 다짐했어요.

"누구 생리대 있는 사람?"

"내 꺼 빌려줄까?"

"오늘 양 많은 날이라……. 내일 갚을게!"

친구에게 생리대를 빌려주던 연우는 문득 자신이 두 달째 생리를 하지 않았다는 사실을 깨달았어요. 덜컥 겁이 난 그녀는 곧바로 남자 친구에게 전화를 했죠. 남자 친구는 임신테스트기를 구입해서 연우의 동네로 찾아왔어요. 연우는 카페 화장실에서 떨리는 마음으로 테스트를 하면서 '아닐 거야. 절대 아닐 거야.' 속으로 빌고 또 빌었대요. 하지만 너무나 선명한 두 줄.

연우는 화장실에서 나와 엉엉 울고 또 울었어요. 그는 어쩔 줄 몰라 하며 일단 연우를 달랬죠.

"오빠, 저 이제 어떡해요?"

"연우야, 너는 어떻게 하고 싶어?"

"모르겠어요……."

"일단 부모님께 말씀을 드리고……."

"안 돼요! 그건 절대 안 돼요! 부모님이 알게 되면 아마 집에서 쫓겨날 거예요……."

"그래도 부모님께 말씀은 드려야지……."

"싫어요!"

남자 친구가 부모님께 알릴지도 모른다는 사실에 연우는 덜컥 겁이 나기 시작했어요. 곧 연우는 나쁜 상상을 하기 시작했죠. '학교에 소문이 나면 어쩌지, 부모님이 알게 되면 어쩌지.', '동네 사람들이 손가락질하면 어쩌지…….' 꼬리에 꼬리를 문 상상은 걷잡을 수 없는 공포로 연우를 몰아갔어요. 결국 연우는 열일곱 살 가을에 집을 나와 버렸어요.

이러한 사실을 알 리 없는 가족들은 한동안 가출 신고에 실종 신고까지 내면서 연우의 행방을 수소문했지만, 결국 끝내 연우를 찾지 못했어요. 정우 역시 누나가 왜 집을 나갔는지 도무지 짐작조차 할 수 없었죠.

연우는 지방의 한 미혼모 센터에 들어가 이듬해 딸을 낳았어요. 딸아이의 이름은 하나로 지었어요.

감정을 파는 소년

감정을 파는 소년

할머니와 단둘이 살았던 민성은 부모의 얼굴조차 모르고 자랐다. 동네 놀이터에서 또래 꼬마들이 모래성을 쌓으며 노는 것을 발견한 민성은 자신도 함께 그 무리에 끼어 놀고 싶었다. 고사리 같은 손으로 모래를 이쪽에서 저쪽으로 옮기는 것을 본 민성은 친구들의 손을 잡고 모래 대신 다른 걸 옮겨 버렸다. 그렇게 민성과 어울렸던 아이들이 마치 귀신이라도 들린 듯 감정이 바뀌어 버리자 어른들은 민성과 자신의 아이들을 철저하게 격리하기 시작했다. 곧 동네 사람들은 민성을 '재수 없는 아이'라 손가락질하기 시작했다.

그렇게 민성은 동네에서 철저하게 고립되었지만 그 영문을 알 수 없었고, 나중에서야 자신이 옮기던 '그것'을 더 이상 함부로 옮기면 안

된다는 것을 스스로 깨달았다. 그리고 얼마 뒤 옆집으로 연우네 모녀가 이사를 왔다.

민성의 소문을 알 리 없는 연우는 민성을 이웃사촌 그 이상으로 살갑게 대했다. 동네 어른들은 민성을 아이들 근처에 얼씬도 못하게 했는데, 연우는 자신의 딸 하나와 민성이 가깝게 지내도 전혀 혼을 내지 않았다. 민성은 자신에게 처음으로 호의를 보여 준 어른이 너무나 반가웠다.

그럼에도 불구하고 동네 사람들은 연우에게 민성의 험담을 일삼았다. 재수 없는 아이라 가깝게 지내면 애한테 귀신이 들릴 수 있다느니, 아무리 옆집이어도 딸아이랑 가급적이면 한 공간에 두지 말라느니 식의 참견 아닌 참견을 해 댔다. 하지만 연우는 그런 소문에 조금도 아랑곳하지 않았다. 민성의 할머니는 그런 연우가 고마워 종종 반찬을 만들어 주기도 했고, 연우는 놀러 갈 때 꼭 하나와 민성을 함께 데리고 나갔다. 민성은 연우를 따라 하나와 함께 난생처음 놀이공원이라는 곳에 가 볼 수 있었다. 그렇게 민성이 하나와 잘 지내는 것을 본 동네 사람들은 차츰 민성에 관한 나쁜 소문을 잊어 갔다.

연우가 식당 일을 하는 동안, 하나는 종종 민성의 집에서 할머니와 함께 시간을 보냈다. 민성은 네 살이나 어린 하나와 노는 것이 대단히 즐겁지는 않았지만 하나와 잘 놀아 줄 때마다 연우가 자신에게 웃어 주는 것이 너무나 좋았다.

그렇게 영원할 것만 같았던 민성의 행복은 생각보다 그리 오래가지 않았다. 학교수업을 마친 민성이 집으로 돌아오자 할머니가 여전히 자고 있었다. 처음엔 할머니가 낮잠을 자는 줄 알았는데, 저녁이 되도 일어나지를 않으시는 거였다. 이상한 생각이 든 민성은 곧바로 옆집에 달려가 연우에게 말했다.

"누나, 할머니가 이상해."

"할머니가……?"

친척, 연고 하나 없었던 할머니는 장례조차 치르지 못했고, 민성은 그날 이후 진짜로 혼자가 되어 버렸다.

어린아이였던 민성은 곧 지역 보육원에 들어갔으나 보육원에 들어간 이후로도 수업을 마친 뒤 매일 연우네 집에 들르곤 했다. 연우는 그런 민성에게 언제나 따뜻한 밥을 차려 주었다. 할머니의 빈자리는 컸지만, 그래도 연우가 있어서 견딜 수 있었다. 연우는 종종 보육원에 허락을 받아 민성을 데리고 하나와 함께 여행을 다녀오곤 했다.

하루는 연우의 집에서 다같이 TV를 보던 중 하나가 갑자기 바다가 보고 싶다고 말했다.

"민성아, 바다 가 본 적 있어?"

"아니. 한 번도 가 본 적 없어."

"그럼 이번 주말에 하나랑 셋이서 바다 구경 갈까?"

난생처음 바다에 가게 된 민성은 여행 전날 잠을 이루지 못했다. 여행 당일 아침, 연우와 하나가 보육원으로 민성을 데리러 왔다. 보육원 원장님은 익숙하게 연우를 맞이했다.

"원장님, 민성이 늦지 않게 데리고 올게요."

"민성이는 좋겠네! 바다도 가 보고."

연우 앞에서 어린아이 취급을 당하는 게 못마땅했던 민성은 원장선생님께 인사도 드리지 않은 채 보육원을 나섰다.

터미널에서 연우가 표를 끊는 동안 민성은 하나의 손을 꼭 붙잡고 기다렸다. 하나의 여러 감정이 만져졌지만 민성은 절대 그것에 손을 대지 않았다. 하나의 감정은 대부분 엄마인 연우에 대한 사랑으로 가득했다. 아, 그리고 아주 조금 같은 반 반장을 좋아하고 있었다.

"누나, 하나가 누나를 얼마나 사랑하는 줄 알아?"

예매한 버스를 기다리는 동안 민성은 하나가 엄마를 얼마나 사랑하는지 그녀에게 알려 주고 싶었다.

"당연히 알지."

"그걸 누나가 어떻게 알아?"

"사랑이라는 건, 말하지 않아도 보여 주지 않아도 들려주지 않아도 만지지 않아도 알 수 있거든."

민성은 순간 '만지지 않아도'라는 표현에 움찔했으나, 이내 연우의 표정이 아무렇지도 않은 것을 보고 안심했다. 동시에 민성은 자신이 눈뜬장님이 된 기분이 들었다. 감정을 하나하나 만져야만 그 형태를 구별할 줄 아는 자신과 달리 연우는 이미 모든 걸 알고 있었다. 민성은 그런 연우가 너무나 신기했다.

버스에 올라탄 민성과 연우와 하나는 그길로 가까운 서해 바다로 여

감정을 파는 소년

행을 떠났고, TV 속 동해 바다를 기대했던 민성은 서해의 갯벌을 보고 처음엔 실망감을 감추지 못했다.

"이게 뭐야……."

"왜? 실망했어?"

"TV에서 본 거랑 다르잖아!"

"동해는 멀어서 당일치기로 못 간단 말이야. 그리고 서해가 뭐 어때서?"

연우는 민성의 투덜거림이 귀여웠는지 괜히 옆구리를 간지럽히기 시작했다.

"하, 하지 마!"

"하나야, 민성이 오빠 도망간다! 오빠 잡으러 가자!"

그렇게 추격전을 펼치던 세 사람은 이내 숨을 헐떡이며 휴전을 협상했다. 곧 어딘가에서 나뭇가지 하나를 주워 온 연우는 개흙에 세 사람의 이름을 적기 시작했다. 하나 역시 엄마를 따라 개흙에 자신의 이름과 반장의 이름을 적더니 가운데 하트를 그려 넣었다.

"하나 엄마 몰래 남자 친구 생겼어?"

연우는 딸이 귀여워 죽겠는지 큰 소리로 웃으며 물었다.

"남자 친구는 무슨……. 쟤 혼자 좋아하는 거야."

민성은 순간 말을 내뱉자마자 아차 싶었다. 하나가 잠시 갸웃했지만 다행히 이상하게 생각하지 않는 것 같았다.

세 사람은 바닷가 근처 조개구이 집에서 조개구이와 칼국수를 시켰다. 온통 처음 먹어 보는 음식들이었다. 가리비도, 키조개도 먹는 방법을 몰랐던 민성과 하나는 연우가 조개에서 살을 똑 떼어 초장에 찍어 앞 접시에 하나씩 가져다줄 때까지 군침만 흘리고 있었다.

"홀리~ 홀리~ 나만의 파라다이스~!"

두 꼬마에게 조갯살을 발라 주던 연우가 흥얼거리기 시작했다.

"누나는 브이걸스가 그렇게 좋아?"

민성의 입에서 브이걸스가 나오자 연우는 순간 웃음이 났다. 민성 또래가 알 만한 가수는 아니었기 때문이다.

"오, 꼬맹이! 브이걸스도 알아? 너 완전 애기 때 데뷔한 그룹인데?"

"꼬마라니! 나도 이제 6학년이야! 그리고 누나가 매일 브이걸스 노래만 부르는데 어떻게 몰라?"

연우는 평소 마당에 빨래를 널면서, 또는 하나와 함께 장을 보러 갈 때마다 종종 브이걸스 노래를 흥얼거렸다. 민성은 하나와 함께 집에서 놀던 중 연우가 흥얼거리던 노래가 라디오를 통해 흘러나오는 것을 듣고 노래를 부른 가수가 브이걸스라는 걸 알게 되었다.

"누나는 브이걸스에서 윤세진이 제일 좋더라!"

"윤세진? 그 사람 배우 아니야?"

"브이걸스로 먼저 데뷔했는데, 나중에 배우로 전향했어."

연우 나이의 절반밖에 안 된 꼬맹이는 윤세진을 배우로 알고 있었고, 그 미묘한 세대 차이가 연우는 너무나 흥미로웠다.

"윤세진이 왜 좋은데?"

"얼굴도 예쁜데 춤을 또 얼마나 잘 춘다고!"

"누나는 춤 잘 추는 사람이 좋아?"

"어렸을 때 춤추는 거 엄청 좋아했지! 아, 윤세진 같은 친언니가 있으면 얼마나 좋을까?"

연우는 조개구이 집 창가 자리에서 바다를 바라보며 마치 세진이 우상이라도 되는 듯 말했다.

"누나는 형제 없어?"

"있지. 남동생 하나 있어. 정우."

"그런데 그 형은 누나네 집에 왜 한 번도 놀러 안 왔어?"

"누나 동생이 궁금해?"

"아니, 별로……."

퉁명스러운 대답과 달리 민성은 연우의 가족이 궁금해졌다. 누나의 가족은 어떤 사람일까? 분명 누나처럼 멋진 사람이겠지? 그러한 생각도 잠시, 민성은 오늘 처음 맛본 가리비의 맛이 너무나 인상적이어서 나중에 어른이 되서 돈을 많이 벌면 연우와 하나에게 가리비를 잔뜩 사 주리라 결심했다.

집으로 돌아오는 버스에서 세 사람은 완전히 곯아떨어져 버렸고, 그날 민성은 행복한 꿈을 꾸었다. 꿈에서는 돌아가신 할머니와 연우와 하나까지 네 사람이 한집에 살고 있었다. 꿈속의 그 모습은 누가 봐도 어엿한 한 가족이었다.

중학교 입학을 한 달 앞둔 어느 날, 민성은 연우의 다급한 전화를 받게 되었다.

"민성아, 혹시 우리 하나랑 같이 있니?"

"아니, 오늘은 하나 못 봤는데? 누나, 무슨 일 있……."

민성의 말이 채 끝나기도 전에 전화를 끊어 버린 연우는 정신없이 경찰서로 달려가 실종 신고를 냈다. 하나가 낯선 사람 손을 잡고 가는 걸 봤다는 동네 사람들이 목격담이 쏟아졌고, 연우는 사흘 밤낮을 자지러지다시피 하며 오열을 했다. 경찰은 하나의 실종 사건을 유괴로 분류했다.

민성은 온 동네를 뒤지며 하나를 찾아다녔다. 함께 모래놀이를 하던 놀이터, 공놀이하던 골목길 등 온 동네를 이 잡듯이 뒤졌고, 옆 동네까지 물어물어 찾아다녔지만 실종 당일 이후로 하나를 본 사람은 아무도 없었다. 그렇게 실종된 지 정확히 일주일째 되던 날, 결국 하나를 찾았다. 하나는 집에서 30분 거리의 옆 동네 개천 하수구에서 발견되었다.

차가운 하나의 시신을 부여잡은 연우는 목 놓아 오열을 했다. 그 울음소리는 듣는 이로 하여금 가슴을 찢어발기는 듯한 서글픔으로 가득했다. 연우는 하나를 품에 안은 채 "하나야, 엄마가 미안해……. 엄마가 미안해……." 이 말만을 되뇌었다. 민성은 이 모든 상황을 어떻게 받아들여야 하는지 도무지 갈피를 잡을 수 없었다. 그것은 할머니의 죽음과는 전혀 다른 것이었다.

할머니가 돌아가셨을 땐 슬프긴 해도 무섭지는 않았다. 연우가 옆에 있어 주었으니까. 그런데 지금은 연우가 부서질 것만 같았다. 연우는 하나의 장례를 치르는 동안 기절과 혼절을 반복했으며 발인 후 아예 넋이 나가 버렸다. 민성은 그런 연우를 어떻게 대해야 할지 몰라 마음이 답답했다. 연우는 장례를 치른 뒤 하루가 멀다 하고 경찰서를 드나들며 아직도 범인을 못 잡았느냐고 추궁을 해 대는 통에 동네 사람들 사이에서 아이 잃은 미친 여자로 소문이 나기 시작했다.

"죽여 버릴 거야……. 반드시 범인을 내 손으로 찾아내서……. 죽여 버릴 거야……."

"누나……. 왜 그래……. 누나……."

결국 민성은 연우가 이대로 망가져 버리는 게 두려워 연우의 손을 잡았다. 그렇게 그녀 안에 있는 유괴범에 대한 증오를 추출했다. 가장 큰 증오를 추출하자 이제 연우에게는 원망이라는 감정이 도드라지기 시작했다. 딸을 제대로 돌보지 못한 자신에 대한 원망. 결국 연우는 그것을 견디지 못하고 손목을 그었다.

"누나아!!!!"

연우를 가장 먼저 발견한 것은 민성이었다. 증오만 꺼내면 될 거라 생각했던 민성은 자신의 불찰로 연우가 극단적인 선택을 했다는 것을 깨달았다. 민성은 울면서 바들바들 떨리는 손으로 병원 침대에 누워 있는 연우의 손을 붙잡았다.

"누나……. 미안해……. 내가 곧 도와줄게……. 미안해……."

그렇게 민성은 그녀 안의 원망을 꺼내었다. 증오와 원망을 추출했으니 더 이상은 문제가 없을 거라 생각했다.

하지만 퇴원 후 집으로 돌아온 연우는 온 동네가 떠날 정도로 목 놓아 울기 시작했다. 그녀는 삼일 밤낮을 목이 찢어져라 오열했고, 이대로는 하나뿐인 딸을 잃은 슬픔에 집어삼켜질 것만 같았다. 도무지 어찌할 바를 몰랐던 민성은 결국 마지막으로 그녀의 슬픔을 꺼냈다.

슬픔만 꺼내면 전부 해결될 거라 확신했던 민성에게 믿을 수 없는 일이 벌어졌다. 자신이 꺼낸 슬픔에는 하나에 대한 사랑이 복잡하게 얽혀 있었던 것이다. 깜짝 놀란 민성은 어떻게든 슬픔과 사랑을 분리하려 했지만, 그것은 마치 몸에서 피 한 방울 내지 않고 살점을 베어 내는 것만큼이나 불가능한 상황이었다. 증오와 원망은 꺼내자마자 폐기해 버렸지만, 하나에 대한 사랑만큼은 폐기할 수 없었던 민성은 텅 빈 눈의 연우에게 다시 감정을 쏟아부었다. 그러자 다시 그녀는 슬픔이라는 지옥 속에 스스로 빠져 버렸다.

그날 이후 연우는 밥도 먹지 않았고, 물도 마시지 않았다. 이대로는 서서히 죽어 가는 것과 다름이 없었다. 연우가 이대로 삶의 끈을 놓아 버릴까 두려웠던 민성은 결국 연우가 잠든 사이에 다시 연우의 슬픔을 꺼내었다. 사랑과 슬픔이 엉겨 있었던 연우의 슬픔은 우윳빛깔을 띄고 있었고, 민성은 그것은 조심스럽게 머그에 옮겨 담았다. 이튿날 연우는 오랜만에 제대로 된 식사를 했다.

하지만 그녀는 어딘가 모르게 달라져 버렸다. 더 이상 웃지도 않고, 울지도 않았다. 마치 감정이 고장 난 사람처럼 얼굴에서 희로애락이 전부 사라져 버렸다.

감정을 파는 소년

"민성아, 지난번에 내 남동생 궁금하다고 했지?"

"어? 어……. 정우 형……."

"정우 보러 갈래?"

민성은 머그를 소중히 품에 안은 채 연우의 손을 잡고 정우를 만나러 갔다. 그녀의 손을 잡고 있는 동안 민성은 눈물이 멈추지 않았다. 총천연색의 감정을 품었던 그녀의 손에서 더 이상 아무것도 느껴지지 않았기 때문이다.

"그럼, 저 머그에 담겨 있는 게 누나의 슬픔이었어……?"

정우는 차마 믿을 수 없다는 듯 민성에게 되물었다.

"연우 누나의 슬픔이자 사랑."

"그래서 그렇게 애지중지 보관했던 거야?"

"슬픔과 사랑은 떼어 낼 수 있는 게 아니더라고. 상대방에 대한 사랑 또는 나 자신에 대한 연민. 세상의 모든 슬픔은 누군가를 사랑해서 생기는 감정이니까."

정우는 누나가 집을 나갔던 10년이라는 시간 동안 어딘가에서 아주 잘 먹고 잘 살고 있을 줄 알았다. 해가 지나면서 '결혼은 했을까? 아이도 있을까?' 정도의 짐작은 했지만……. 딸아이의 유괴라니……. 주검이 된 딸을 품에 안았을 누나의 슬픔은 감히 상상조차 되지 않았다.

"사랑은 플라스틱 통에 담아서 따뜻하게, 증오는 캔에 담아서 차갑게. 열등감은 나무 그릇에 미지근하게, 슬픔은 머그에 담아 실온보다 조금 따뜻하게. 그 당시에는 감정을 어떻게 보관해야 하는지도 알지 못했고, 성인의 감정에 손을 댄 것도 처음이라 내가 많이 서툴렀어. 아이들의 감정은 굉장히 단순해서 도려내기 쉬운데, 연우 누나의 감정은 그렇지 않았어. 잘못 손을 대면 누나의 영혼이 망가질 것 같았어."

"너 그럼 나한테 이 가게를 하자고 한 이유가……."

"맞아, 열심히 훈련해서 내가 저 머그의 슬픔과 사랑을 분리할 수 있게 되면 다시 누나에게 하나에 대한 사랑을 돌려줄 거야."

"너……. 설마……."

정우는 차마 입에 올리기 불경한 말이라도 되는 것처럼 민성에게 물었다.

"너, 설마 우리 누나를 좋아했어……?"

민성은 대답하지 않았다.

감정을 파는 소년

나의 단짝 친구

민정

나와 지아는 둘도 없는 단짝 친구였다. 같은 중학교 출신이었던 지아는 고등학교 1학년 첫 학기에 앞뒤로 자리가 배정되면서 금방 친해졌다. 중학교 때는 오며 가며 인사만 하는 정도였는데 말이다.

"민정아, 매점 가자!"

활달하고 명랑한 성격의 지아는 언제나 스스럼없이 날 챙겨 줬다. 그녀는 이동 수업이라던가, 급식실에 갈 때 항상 나와 팔짱을 끼었다. 덕분에 나는 새 학년 새 학기를 맞아 새 친구를 사귀어야 한다는 부담감에서 일찍 벗어날 수 있었다.

내 앞자리에 앉았던 지아는 쉬는 시간 종이 치자마자 내 쪽으로 몸을 돌려 푸념을 하곤 했다. 고1의 푸념이래 봤자 수학 선생님 설명이 너무 어렵다느니, 영어 단어가 잘 외워지지 않는다는 식의 소소한 것들이었지만 나는 불과 10분 남짓한 짧은 시간 동안 그녀와 나누는 수다가 즐거웠다.

첫 중간고사를 맞아 우리는 학교에서 가까운 지아의 집에서 밤새워 공부를 했다. 솔직히 말하자면 공부 반, 수다 반이었지만 우리 부모님께서는 밤을 새워 공부한다는 명목이 기특했는지 영상 통화로 간단한 확인만 한 뒤 어린 자녀의 외박을 허락해 주셨다.

"민정아, 우리 서로 공부 가르쳐 줄래?"

"내가 너한테?"

"원래 다른 사람 가르치다 보면 기억에 더 잘 남는대! 내가 너한테 국어 설명해 줄 테니까, 너는 나한테 영어 알려 줘."

"그래!"

우리는 각자 자신 있는 과목을 서로에게 가르쳐 주었고, 그러한 과정은 어쩐지 내가 과외 선생님이 된 것만 같아서 괜히 들뜨고 설레었다. 국어에 자신이 있었던 지아는 특히 어휘와 문법에서는 한 문제도 틀리지 않을 정도로 공부를 잘했다. 반면 나는 영어 독해에 자신이 있었다. 우리는 밤새도록 서로에게 공식 및 찍기 요령을 전수하기 위해 믹스커피를 세 잔씩 타 마셨음에도 어느 누가 먼저랄 것도 없이 동시에 잠이 들었다.

다행히 첫 시험에 긴장한 탓인지 새벽같이 일어나 이른 등교를 할 수 있었다. 우리는 전날 못 다한 공부를 교실에 가서 마저 하기로 했다.

새벽녘 텅 빈 운동장을 가로질러 걸어가는 동안 지아가 말했다.

"설마 우리 오늘 1등으로 등교한 거야?"

"기분 되게 이상하다."

"시험은 전교 1등 못 할 테니, 등교라도 전교 1등 해 볼까?"

"풉, 그게 뭐야!"

지아는 정말로 1등을 하겠다는 듯이 방심한 나를 두고 혼자 달려 나가기 시작했다. 나는 못 이기는 척 지아를 따라 함께 뛰었다. 그날은 어쩐지 이 학교를 우리가 점령한 기분이었다.

중앙 로비를 지나 복도에 들어서자 묘한 기분이 들었다. 정말로 텅 빈 건물에 우리만 존재하는 것 같았다. 아침에 집중이 더 잘된다고 해서 교실에서 오답노트라도 한 번 더 훑어볼 겸 미리 등교한 거였으나, 나와 지아는 교실에 가방만 던져둔 채 교내 탐방을 시작했다. 곧 우리 두 사람이 까르르거리는 소리가 복도에 울려 퍼졌다. 메아리처럼 돌아오는 소리에 흠칫 놀라기도 했으나 이내 서로의 어깨를 찰싹 때리며 배를 잡고 웃었다. 어른들은 종종 우릴 보고 그런 말을 하곤 했다. 말똥이 굴러가는 것만 봐도 웃는 나이라고. 그 말이 무슨 뜻인지 그날 아침 처음으로 이해가 되었다. 이른 아침 텅 빈 복도에 부딪혀 돌아오는 메아리 소리에도 나와 지아는 한참을 웃었으니 말이다.

학교로 하나둘씩 학생들이 도착하자 어쩐지 우리만의 성을 빼앗긴 기분이 들어 김이 빠졌다. 지아가 먼저 이만 교실로 돌아가자 말했다. 교실로 돌아온 우리는 자리에 앉아 뒤늦게 오답노트를 펼쳐 복습을 했다. 다행히 시험 직전 확인한 문제가 보란 듯이 출제되었다. 그날 나는 국어에서 두 문제를 틀렸고, 지아는 세 문제를 틀렸다.

가채점 후 지아의 표정이 살짝 굳은 것 같았지만, 곧 그녀는 쿨하게 내게 시험 잘 봐서 좋겠다며 한 턱 쏘라고 말했다. 나는 멋쩍게 웃으며 알겠다고 대답했다.

그날 밤 지아의 SNS프로필 상태메시지가 '아, 재수 없어-'로 바뀌었다. 나는 순간 '이게 나한테 하는 말인가?' 싶었지만 애써 생각을 고쳐먹었다. 지아와 나는 반에서 제일 친한 친구였기 때문에 설마 그럴 리 없다고 생각했다. 하지만 지아의 상태메시지에 대해서 물어볼 용기는 차마 나지 않았다.

중간고사가 끝나자마자 지아가 먼저 내게 시내로 쇼핑을 가자고 말을 꺼냈다. 그 순간 나는 미묘한 안도감이 들었다. '역시 괜한 생각이었어. 그 상태메시지는 나와 무관한 일이었구나.'라는 생각이 들면서 갑자기 지아에게 뭉클해졌다.

"지아야, 내가 오늘 맛있는 거 쏠게!"

"오, 웬일? 용돈 받았어?"

"쇼핑 가기 전에 즉떡 콜?"

"좋아!"

지아는 변함없이 내게 팔짱을 꼈고, 우린 교문을 벗어나 곧장 즉석떡볶이 집으로 향했다. 사장님은 반갑게 우리를 맞아 주셨고, 우리는 라면사리와 당면사리 중에 고민하다 당면사리를 선택했다. 곧 즉석떡볶이가 우리 테이블로 도착했다. 각종 튀김과 당면사리가 잘 섞이도록 뒤적이던 지아는 계란 노른자는 퍽퍽해서 싫다며 흰자만 먹겠다고 했다. 떡볶이가 끓기 시작하자 나는 계란을 반으로 갈라서 떡볶이 국물을 묻힌 뒤 포크로 으깨어 지아에게 먹어 보라고 했다.

"대박! 이거 진짜 맛있다!"

"그치? 나도 방송에서 본건데, 이렇게 먹으니까 진짜 맛있더라고!"

노른자가 싫다던 지아는 그날 계란을 하나 더 추가해 떡볶이 국물을 바닥까지 싹싹 긁어 먹었다. 나는 어쩐지 지아에게 꿀팁 하나를 전수한 것 같아서 기분이 뿌듯해졌다.

우리 반에는 선경이라는 친구가 있었는데, 주말에 나와 같은 교회에 다니는 애였다. 가끔씩 교실에서 선경과 주말 예배에 대해서 얘기를 나누곤 했고, 그러다 보니 자연스레 지아까지 해서 셋이 친해졌다. 어느새 우리 셋은 쉬는 시간 매점에 함께 가는 사이가 되었다.

홀수로 친하게 지내다 보면 미묘한 상황들이 가끔씩 발생하는데, 짝을 지어 연습하는 체육 시간이라던가, 짝수로 수행평가를 해야 할 때 그랬다. 그나마 우리 세 사람 중에는 내가 두 사람 모두와 친분이 있었기 때문에 주로 나와 선경 또는 나와 지아 이런 식으로 짝을 짓곤 했다. 선경과 지아는 나를 제외한 상태에서는 아직 서먹한 관계였기 때문이다. 그러던 어느 날 지아가 전화로 말했다.

"선경이 말이야, 좀 그렇지 않아?"

"선경이랑 무슨 일 있었어?"

"그게 아니라, 걔 자기가 좀 예쁘다고 잘난 척하잖아."

"선경이가 예쁘긴 하지. 그런데 난 선경이가 잘난 척한다는 느낌은 받아 본 적 없는데……."

"민정아, 너 진짜 눈치 없다! 평소에 선경이가 너 살짝 아래로 보는 거 몰라?"

"선경이가?"

그 말을 듣는 순간, 마치 정말로 그동안 선경이가 날 아래로 봤다는 느낌이 들기 시작했다. 묘하게 기분이 상하면서 나 역시 아무 말이나 내뱉게 되었다.

"근데, 선경이가 그 정도로 예쁜 건 아니지 않나……."

"그치? 민정이 너도 그렇게 생각하지?"

지아와의 통화가 뒷담화 같아서 어쩐지 찜찜하긴 했지만, 선경이 먼저 나를 무시한 것이므로 이 정도는 미안해하지 않아도 된다고 생각했다. 이튿날부터 나와 지아는 다시 둘이서만 어울리기 시작했다. 중간고사 전까지 명확한 그룹이 없었던 선경은 한동안 우리와 어울리면서 자연스레 다른 친구들과 멀어진 상태였다. 그 상태에서 나와 지아가 조금씩 선을 긋자 선경은 반에서 혼자가 되었다. 나는 주말 예배에서도 선경과 인사하지 않았다.

"민정아, 너는 좋아하는 사람 없어?"

지아는 종종 사랑에 관해 이야기하는 것을 좋아했다. 처음에는 아이돌 얘기로 시작해서 얼마 전까지는 인플루언서 유튜버를 좋아했다가

최근에는 옆 반 부반장한테 관심이 생긴 것 같았다. 비밀 이야기를 공유하고 싶었던 그녀는 나에게 3반 부반장에 대해서 알아낸 정보를 미주알고주알 떠들곤 했다.

"경훈이는 운동도 잘하는데, 심지어 게임도 잘한대! 그래서 남자애들 사이에서도 인기가 많다는 거야!"

"진짜? 여자 친구는 없대?"

절친의 짝사랑 이야기만큼 흥미로운 것이 또 없기에 나는 지아의 들뜬 수다에 매번 동참하게 되었다. 그렇게 반강제로 경훈의 프로필을 알아 가는 동안 나와 지아는 마치 3반 부반장의 팬클럽이 된 듯한 기분이었다.

중간고사를 본 게 바로 엊그제 같은데 어느새 기말이 코앞에 훌쩍 다가와 있었다. 이번에도 지아네 집에서 함께 밤새 공부를 할 줄 알았는데, 그녀는 부모님께 허락을 받지 못했다며 이번에는 아쉽지만 각자 집에서 공부를 해야 할 것 같다고 말했다. '중간고사 때 허락하셨던 분들이 정말로 이번에는 허락하지 않으셨을까?'라는 의문이 잠시 들었지만 이내 머리를 저으며 '그런 식으로 생각하지 말자. 지아가 왜 나한테 거짓말을 하겠어?'라고 스스로를 설득했다. 그럼에도 불구하고 나는 기말고사에서도 지아보다 평균 점수가 높게 나왔다.

기말고사를 마친 뒤 곧 다가올 여름 방학을 생각하자 마음이 들뜨기 시작했다. 이번 여름 방학에는 서울에 사는 외할머니 집으로 놀러 갈 계획을 세웠다.

"민정아, 너는 여름 방학 때 뭐 할 거야?"

"난 외할머니 집에 놀러 가려고!"

"외할머니 어디 사시는데?"

"우리 외할머니 서울 사시거든, 방학 때 서울 구경 잔뜩 할 거야!"

"진짜? 좋겠다! 나도 서울 가 보고 싶은데……."

"나 외할머니 집에 놀러 가 있는 동안 너도 서울로 놀러 올래? 할머니가 하룻밤 정도는 재워 주실 수 있을 거야!"

"정말? 정말 나 가도 돼?"

"물론이지!"

"민정쓰, 내가 너 완전 사랑하는 거 알지?"

"몰라, 기집애야!"

우리는 서로의 어깨를 꼬집으며 볼에 뽀뽀하는 시늉을 했다. 방학 후 일주일 뒤 나는 짐을 싸서 서울 외할머니 댁으로 향했다. 버스 터미널로 외할머니가 마중을 나오셨고, 나는 버스에서 내리자마자 외할머니 품에 와락 안겨 버렸다. 그 순간 외할머니 냄새가 확 났다. 부모님의 맞벌이로 인해서 어린 시절 잠시 외할머니 손에 맡겨진 적이 있기에 나는 우리 외할머니가 너무너무 좋았다.

"우리 민정이, 벌써 아가씨 다 됐네! 이제 고등학교 올라간 겨?"

"응! 나 이제 고1이야! 우리 학교 교복도 엄청 예뻐! 할머니 내 프사 보여 줄까?"

"친구들이랑 같이 찍은 거여? 우리 민정이가 제일 예쁘네! 남자 친구는 없어?"

"에이, 할머니 이상한 말 하지 마!"

괜히 쑥스러웠던 나는 외할머니한테 꼈던 팔짱을 확 빼 버렸다. 외할머니는 그런 나를 달래듯 점심으로 뭐가 먹고 싶냐고 물었다. 나는 외할머니가 직접 만들어 준 수제비를 제일 좋아했다. 우리는 곧 외할머니 집에 도착하자마자 반죽을 만들기 시작했다.

"할머니, 나 내일 제일 친한 친구가 서울에 놀러 오기로 했는데 할머니 집에서 하룻밤만 자도 돼?"

"민정이 베프여?"

"할머니 그런 말도 알아?"

나는 외할머니의 입에서 '베프'라는 말이 나오자 순간 낯설면서도 신기했다. 그것은 마치 김홍도의 그림에 핸드폰이 그려진 기분이랄까? 우리 외할머니는 여든을 훌쩍 넘긴 문자 그대로 진짜 옛날 사람이었기 때문이다. 나는 외할머니한테 신조어 이것저것을 퀴즈처럼 물어봤으나 외할머니는 하나도 맞추지 못했다. 안타깝게도 외할머니의 신조어 업데이트는 베프가 마지막이었다.

외할머니의 수제비는 조금 독특했는데, 어린 시절 당근을 먹지 않았던 나를 위해서 밀가루 반죽에 믹서로 간 당근을 섞어 수제비를 만들어 주곤 하셨다. 당근은 싫었지만, 주황색이 나는 수제비 반죽은 너무나 예뻤다. 심지어 당근 맛이 전혀 나지 않아 나는 외할머니가 만들어 준 수제비는 삼시 세 끼 내내 먹을 수 있었다. 엄마는 그런 내가 신기

했는지, 기특했는지 비슷하게 만들어 주려고 집에서 몇 번이나 시도해

봤지만 엄마가 만든 수제비는 밀가루 맛이 강해 그냥 맛이 없었다.

외할머니를 마주 보고 식탁에 앉아 반죽으로 장난을 쳤다. 별 모양,

하트 모양을 만들어 외할머니한테 내밀자 외할머니는 그렇게 두껍에

만들면 속이 익지 않으니 얇게 다시 한 번 만들어 보라고 하셨다. 그날

나는 외할머니와 함께 최고로 맛있는 점심을 먹었다.

이튿날, 지아가 서울에 도착했다. 나는 지하철로 지아를 마중 나갔

고, 서울에서 만난 지아는 교실에서보다 몇 곱절은 더 반가웠다. 지아

와 나는 터미널에서 서로 꺅꺅거리며 얼싸안았다.

서울이 난생처음이었던 지아는 터미널을 나선 이후로 내내 입을 다

물지 못했다. 고층건물들을 보며 연신 "쩐다!"라는 말만을 반복했고,

나는 서울 사람도 아닌데 괜히 어깨가 으쓱해졌다.

우리는 제일 먼저 남산타워로 향했다. TV 방송에서 서울을 비출 땐

언제나 남산타워 아니면 63빌딩을 배경으로 찍는다. 그래서 지방 고교

생들의 서울에 대한 로망은 남산타워에서 시작한다.

명동역 3번 출구로 나와서 핸드폰에 의지해 남산타워에 찾아가려

했으나, 골목길에서 길을 잃었다. 심지어 그곳은 오르막이 너무나 심

했고, 한여름 땡볕 아래 지아와 나는 목이 타 미치기 일보 직전이었다.

물이라도 구입할 겸 편의점에 들어가 알바생에게 남산 가는 길을 물었

더니, 그냥 쭉 직진하면 된다고 퉁명스럽게 대답했다.

"뭐야, 서울 사람들 완전 별로다!"

감정을 파는 소년

"그러게……. 근데 알고 보면 저 사람도 서울 사람 아닌 거 아냐?"

"그럴 수도?"

우리는 키득거리며 편의점 알바생에 대한 험담을 동력 삼아 기어이 남산타워에 도착했다.

"우와……. 이게 남산타워구나……."

"진짜 높다……. 저 위에도 가 볼 수 있는 건가?"

"한번 물어볼까?"

전망대에 가기 위해서는 표를 끊어야 했는데, 요금이 무려 만 원이 넘었다. 우리는 금액에 놀라 그냥 타워 주변만 구경하기로 했다. 남산타워 주변 철조망에는 자물쇠가 한가득 걸려 있었다.

"이거구나! 나 여기 진짜 와 보고 싶었어!"

지아는 자물쇠가 걸린 철조망들을 보자 탄성을 질렀다. 문득 나는 자물쇠들을 보면서 그런 생각이 들었다. 여기에 있는 사람들 사랑은 전부 다 이루어진 걸까?

"민정아, 우리도 여기에 자물쇠 달까? 우정 자물쇠!"

"우정 자물쇠?"

"자물쇠가 우리 두 사람 전망대 입장료보다는 쌀 거 아냐!"

"그러네? 한번 가 볼까?"

타워 1층에 입점해 있는 스토어에 갔더니 제일 싼 자물쇠가 8,500원이었다. 그나마 디자인이 예쁜 건 전부 만 원 이상이었다.

"원래 자물쇠가 이렇게 비싼 건가?"

"그럴 리가. 완전 바가지 씌우는 거지 뭐. 돈 아까운데 그냥 사지 말자."

지아는 잠시 멈칫하더니 다시 내게 말했다.

"우리 5,000원씩 반반 내서 이거 하나 사면 안 될까?"

"그 정도로 사고 싶어?"

나는 잠시 고민하다 지아와의 추억에 5,000원이 뭐 대수냐 싶어 함께 자물쇠 디자인을 고르기 시작했다. 우리는 하트가 그려진 자물쇠를 골라 스토어에 비치된 네임 펜으로 '지아♡민정 우리 우정 영원히'라고 적었다. 지아는 철조망 한가운데 우정 자물쇠를 걸었다.

"예전에는 자물쇠 키를 저 산에다 던져 버렸대. 영원히 풀 수 없도록."

저 멀리 서울 시내를 바라보며 지아가 말했다.

"우리 건 살 때 열쇠 따로 없지 않았어?"

"환경오염 문제 때문에 이제는 열쇠 던지는 걸 금지했다고 저기 적혀 있더라."

"그래서 키 없는 자물쇠를 파는 거구나."

"민정이 네 덕분에 서울 구경 제대로 했네! 이제 내려갈까?"

"그래, 우리 할머니가 저녁 맛있는 거 해 주신대!"

사람들을 따라 한참을 내려가다 보니 케이블카 시작 지점에 무료 승강기가 있었다. 우리는 무료 승강기를 발견하자마자 또 웃음이 터져 버렸다. 아까 한 고생이 너무나 허탈했지만, 이것이 우리의 추억이 될 것이라 위안 삼으며 내려올 땐 승강기를 타고 내려왔다.

외할머니 집은 지아네 집과 달리 너무나 편안했다. 눈치 볼 어른이 없어서였을까? 우리는 밤새도록 핸드폰으로 함께 유튜브를 시청했다. 메이크업 영상을 보면서 다음에 구매할 화장품 리스트를 찜해 두기도 하고, 야식으로 라면도 끓여 먹었다. 일찍 잠드신 외할머니가 깨실까 봐 부엌에서 살금살금 라면을 찾았고, 끓는 물에 라면 스프를 넣을 때까지 숨소리도 내지 않았다. 지아와 나는 마치 공범자가 된 기분이었다. 끓인 라면을 몰래 방으로 가져와 후루룩 먹자 그제야 우리 두 사람의 입에서 연신 감탄사가 흘러나왔다. 이튿날 우리 두 사람은 서로의 퉁퉁 부은 얼굴을 보고 또 한참을 웃었다.

"조심히 내려가!"

"도착하면 톡 할게!"

지아를 배웅한 뒤 돌아오는 지하철에서 나는 문득 심란한 허전함을 느꼈다. 지아와 함께했던 지난 이틀이 마치 일주일처럼 느껴졌다. 그냥 지금 당장 지아를 따라 내려가고 싶었다. 하지만 이내 곧 외할머니 집으로 돌아와 외할머니와 함께 일주일을 더 보낸 뒤 우리 집으로 돌아왔다. 돌아올 땐 이번엔 또 외할머니랑 헤어지는 게 심란했다.

개학이 다가오자 괜히 설레기 시작했다. 지아와는 거의 매일 연락을 했지만, 다른 애들은 어떻게 지냈는지, 또 얼마나 변했을지 궁금했다. 고등학생이 되면 방학을 맞아 성형수술로 확 예뻐져서 돌아오는 친구들이 있다는 소문을 익히 들었다. 우리 반에도 그런 친구가 있을지 궁금했다.

새 학기 첫 등교는 발걸음이 가볍다. 아마도 오랜만에 친구들을 만날 수 있다는 사실 때문에 더욱 들뜨는 것 같다. SNS로 반 친구들의 대략적인 소식은 알고 있지만, 그래도 실제로 만나는 것은 차원이 다르기 때문이다.

"민정아!"

"지아야!"

역시나 교실에서 가장 먼저 날 반갑게 맞아 준 사람은 지아였다. 우리 둘은 부둥켜 얼싸안으며 서로에 대한 반가움을 표현했다. 곧 교실로 선경이 들어왔고, 나는 순간 아무 생각 없이 그녀에게 인사를 건네어 버렸다.

"선경아, 방학 잘 보냈어?"

갑작스런 나의 인사에 당황한 선경은 말을 더듬으며 내 인사를 받아 주었다.

"어…… 어."

순간 지아의 표정이 굳어졌지만, 나는 그것을 눈치채지 못했다.

지아는 2학기에도 여전히 경훈을 짝사랑했다. 방학 내내 경훈의 SNS를 염탐하더니, 개학 후 까맣게 탄 경훈을 보고 더욱 반해 버린 듯했다.

"경훈이는 여름 방학 내내 친구들이랑 축구만 했대!"

"그걸 어떻게 알아?"

감정을 파는 소년

지아는 자랑스럽게 자신이 비공개로 염탐하는 SNS 계정을 보여 주었다. 나는 방학 동안 경훈의 소식을 전혀 알지 못했기에 오랜만에 본 녀석의 까무잡잡한 피부가 도대체 어디가 멋있다는 건지 전혀 이해가 되지 않았다. 하지만 굳이 그걸 지아에게 내색하진 않았다. 그저 맞장구 삼아 "그러네, 멋있네." 정도의 대답만 해 주었다.

쉬는 시간 매점에 갈 때면 종종 복도에서 경훈과 마주쳤다. 나는 늘 지아와 함께였기에 속으로 '지아 또 얼굴 빨개졌겠네.'라고 생각했다. 나는 지아가 차마 경훈과는 눈도 마주치지 못하면서 내 팔을 꽉 잡을 때마다 대신 경훈에게 고개를 까딱였다.

언젠가부터 나와 지아가 3반 앞으로 지나갈 때마다 3반 남자애들이 경훈의 이름을 부르기 시작했다. "경훈아~ 복도로 좀 나와 봐~"라는 식이었다. 지아는 처음에는 경훈의 이름이 들릴 때마다 흠칫 놀라며 주변을 두리번거렸으나 막상 경훈이 주변에 있었던 적은 없었다. 교실 안에서 "아, 하지 말라고!"라는 식의 경훈의 짜증 섞인 목소리만 들릴 뿐이었다.

"경훈이가 나 좋아하는 거 아닐까?"

"설마 고백받았어?"

"그건 아닌데, 내가 지나갈 때마다 괜히 걔네 반 애들이 경훈이 찾고 그러잖아."

"걔들 일부러 그런 거야? 대박이다!"

"내가 먼저 고백해 볼까?"

"진짜? 괜찮겠어?"

"경훈이는 성격상 쑥스러워서 절대 먼저 고백은 안 할 거란 말이지."

지아는 마치 경훈에 대해 다 안다는 듯 말했다. 나는 확실하지 않은 상태에서 괜히 고백했다 거절당하면 지아가 창피하지 않을까 걱정이 되었지만, 이미 그녀는 결심을 마친 듯했다.

"나 오늘 방과 후에 직접 고백하려고."

"어떻게 불러낼 건데?"

"그래서 말인데……. 민정쓰, 네가 대신 경훈이 좀 불러 주면 안 될까?"

"내가? 3반에 가서? 그냥 톡으로 하면 안 돼?"

"얼굴 보고 직접 고백하고 싶단 말이야. 내가 이렇게 부탁할게!"

팔짱은 낀 채 몸을 이리저리 흔들며 부탁하는 지아를 차마 거절할 수 없었던 나는 순간 남산의 자물쇠를 떠올렸다. '그래! 친구로서 그 정도도 못 해 주겠어?'라는 생각이 들자 지아에게 고개를 끄덕였다.

"저기, 너희 반 최경훈 좀 불러 줄 수 있을까?"

갑자기 3반 애들이 휘파람을 불기 시작했다. 영문을 알 수 없었던 나는 순간 당황스러웠지만 이내 창가 쪽 자리에 앉아 있던 경훈이 다가왔고 나는 그에게 방과 후 시간이 되느냐고 물었다.

"어……. 어? 시간 되는데……."

"그럼 수업 끝나고 음악실로 좀 와 줄래?"

"어……. 알겠어."

경훈과 직접 대화를 해 본 것은 처음이었지만, 그는 보기와는 달리 낮가림이 심한 친구였다. 나는 교실로 돌아와 지아에게 미션을 완수했음을 보고했다.

"꺄! 고마워! 민정쓰, 최고야! 만약에 남친 생기면 내가 진짜 맛있는 거 쏠게!"

"그래, 그래. 알았어."

지아는 이미 경훈과 사귀기라도 하는 것처럼 들떠 있었다. 그녀는 곧 파우치에서 쿠션팩트를 꺼내 콧잔등과 이마를 두드리기 시작했다. 나는 주머니에 있던 립글로스를 지아에게 빌려주었다. 수업을 마친 뒤, 나는 그녀에게 파이팅을 외쳤다.

"민정아, 나 떨려!"

"잘될 거야, 톡으로 결과 말해 줘!"

집으로 돌아와 교복을 갈아입은 뒤, 지아의 연락을 기다렸다. 지아의 연락이 생각보다 늦어지자, 처음에는 '역시 잘 안된 건가?' 싶었다가 '아니지, 차였으면 벌써 전화로 징징거렸을 텐데, 잘돼서 연락이 없는 건가?'라고 생각했다.

| 어떻게 됐어? 뭐래?

그날 밤 잠들기 전까지도 지아의 1은 사라지지 않았다.

이튿날 학교에 도착했을 때 무언가 교실의 공기가 이상했다. 나는 지아에게 다가가 어제 어떻게 된 거냐 물으려 했는데, 지아가 나와 눈을 맞추려 하지 않았다.

2교시를 마친 뒤 함께 매점에 가기 위해 지아의 책상으로 다가가자 지아는 그런 나를 지나쳐 선경에게 물었다.

"선경아, 같이 매점 갈래?"

"그래!"

선경은 조금도 당황하지 않고 지아의 팔짱을 수락했다. 나는 이 모든 상황이 도무지 이해가 되지 않았다. 지아가 선경을 싫어한 게 아니었나? 두 사람은 도대체 언제 다시 친해진 거지? 그보다 지아는 왜 나를 못 본 척하는 거지?

지아와 대화를 하기 위해 메신저에 접속하자 그녀의 프로필 사진이 바뀌어 있었다. 원래는 나와 함께 다녀온 남산타워의 자물쇠 사진이었는데, 갑자기 '사진 없음' 설정에 상태메시지가 '꺼져'로 되어 있었다.

늘 지아와 붙어 다녔던 내게서 지아가 멀어지자 나는 금방 반에서 고립이 되었다. 처음에는 급식실에 혼자 가는 것이 창피해 급식을 거르기도 했다. 급식을 거르자 배에서 꼬르륵 소리가 났고, 배에서 소리가 날 때면 반 친구들이 정확히 선생님한테만 들리지 않을 정도로 합을 맞춰 키득거리기 시작했다.

나는 점점 학교에 가는 발걸음이 천근만큼 무겁게 느껴지기 시작했다. 오픈채팅 익명으로 '죽어 버려', '걸레'라는 식의 톡이 올 때면 심장이 뛰었다. 지아랑 멀어진 것도 속상한데, 도대체 누가 나한테 이런 걸 보내는 거지? 하루는 등굣길에 이대로 도망쳐 버리고 싶다는 생각마저 들었다. 하지만 수업에 빠지면 담임 선생님이 이상하게 생각할테고, 혹여 학폭위에 회부라도 되면 부모님이 알게 될 겁이 났다.

나는 곧 교실에서 유령 같은 존재가 되었다. 아무도 내게 말을 걸지 않았고, 내가 말을 걸어도 대답하지 않았다. 심지어 그들은 나와 시선조차 마주치지 않았다. 가끔씩 '내가 정말로 이 교실 안에 존재하는 걸까?'라는 생각이 들었다. 그렇게 지옥 같았던 학교생활을 마친 뒤 집으로 돌아오면 발신자를 알 수 없는 악의적인 문자와 익명톡이 끊임없이 울렸다. '걸레', '친구 남자한테 꼬리 치는 쓰레기', '예쁜 애들 씹는 년', '그냥 죽어 버려, 왜 사니? 자살 해.' 등등……. 나중에는 핸드폰진동만 울려도 손이 떨리면서 눈물이 쏟아졌다.

매일 밤 그날이 떠올랐다. 지아와 함께 서울 남산타워에 갔던 날. 그날 나는 우리의 우정이 영원할 거라고 생각했다. '혹시 누군가 우리의 자물쇠를 떼어 버린 것일까? 도대체 어디서부터 잘못된 거지? 내가 지아보다 시험을 잘 봤을 때? 체육 시간에 둘씩 짝지어 연습할 때 선경이랑 연습한 거? 그것도 아니면 도대체 언제 어디서부터 우리의 사이가 망가진 거지?' 익명의 괴롭힘보다 지아와 멀어진 게 더욱 견딜 수 없던 나는 결국 지아네 집으로 찾아갔다.

"어머! 민정이 아니니?"

"아……. 안녕하세요.. 혹시 지아 집에 있어요?"

"중간고사 이후로 집에 통 안 놀러 오더니, 혹시 우리 지아랑 싸웠어?"

"엄마!"

지아가 신경질을 부리며 방에서 뛰쳐나왔다.

"친구끼리 친하게 지내야지~ 서운한 거 있으면 서로 대화로 풀고~!"

지아는 그런 엄마를 뒤로 한 채 내 팔을 붙잡고 거칠게 계단을 내려갔다.

"미쳤어? 여기가 어디라고 와?"

"지아야……. 혹시 내가 뭐 잘못한 거 있어?"

"뭐래~ 붕신……."

"지아야……. 왜 그래……. 나한테 서운한 게 있으면 제발 말해줘……. 내가 다 고칠게……."

나는 눈물을 뚝뚝 떨구며 지아에게 애원했다. 눈물이라도 빌려서 지아의 마음을 돌리고 싶었다.

"그냥 앞으로 내 눈에 띄지 마. 재.수.없.으.니.까."

"지아야……. 지아야 제발……."

"그리고 한 번만 더 우리 집에 찾아오면, 그땐 진짜 가만 안 둘 줄 알아."

지아는 마치 벌레를 보는 듯한 경멸스러운 표정으로 이를 갈며 말했다. 나는 차마 집으로는 돌아가지 못하고 지아네 집 근처를 배회하며 서럽게 울었다. 지아가 제발 다시 나와 주길 바랐다. 내 어깨를 툭툭 치

면서 '민정쓰, 장난이야! 서프라이즈~!'라고 말해 주는 간절한 상상을
수도 없이 반복했다.

그날 이후 일부러 수업 직전 아슬아슬하게 등교를 했고, 수업이 끝
나면 제일 먼저 도망치듯 하교를 했다. 그렇게 부랴부랴 교실을 벗어
나 하교를 하던 중 복도에서 운동장으로 축구를 하기 위해 뛰쳐나가는
3반 남학생들을 마주쳤다. 나는 고개를 숙이고 조용히 지나가려 했는
데 순간 내 귀에 그들의 대화가 들렸다.

"어디서 걸레 냄새 안 나냐?"

"야, 듣겠다. 큭큭."

나는 순간 눈물이 왈칵 쏟아졌지만 이대로 복도에서 울어 버리면 조
롱이 더 심해질 게 자명했기 때문에 차마 소매로 눈물을 훔치지도 못
했다.

"야, 운다, 울어. 큭큭."

"다리 휜 거 봐."

"쟤 원조교제도 한다며? 경훈이 완전 좆 될 뻔!"

순간 나는 내 귀를 의심했지만 그들은 분명히 '원조교제'라는 단어
를 사용했다. 나는 화장실로 도망쳐 휴지로 입을 막은 채 엉엉 울었다.
그때 갑자기 핸드폰 진동이 울리기 시작했다.

　　ㄴ 원조하다 낙태했다는 거 실화임?

　　ㄴ 님 성병은 안 걸림?

└, 돈만 주면 나랑도 해 주나?

└, 너희 부모는 딸이 몸 파는 거 앎?

핸드폰 대기화면으로 줄줄이 뜨는 문장들을 보자 두 손이 떨리기 시작했다. 나는 그길로 가장 가까운 상가 옥상으로 올라가 몸을 던졌다.

평일에는 주로 저녁에 가게를 열지만, 주말에는 간혹 낮에도 가게를 연다. 정우와 민성은 이번 주말엔 점심 장사를 하기로 했다. 가게 안으로 햇빛이 들어오자 바테이블에 햇살이 부딪혔다. 그럴 땐 어쩐지 시간이 더디게 흘러가는 기분이 들기도 한다. 그런 나른한 공기에도 불구하고 그들은 손님이 없는 텅 빈 가게에서 묵묵히 컵만 닦고 있었다. 이내 가게 안의 햇살이 느껴진 정우가 먼저 입을 열었다.

"야, 누나 말이야."

"……."

"누나 남편은 어떤 사람이었어?"

"옆집에 처음 이사 왔을 때부터 연우 누나랑 하나 둘뿐이었어."

"그렇구나……."

정우는 민성을 통해서라도 누나에 대해 알고 싶었다. 그도 그럴 것이 그는 열일곱 살 이후 연우의 인생은 전혀 알지 못했기 때문이다. 그때 가게 문이 열리며 머리가 하얗게 센 할머니 한 분이 들어왔다.

"어서 오세요!"

늘 반갑게 손님을 맞이하는 건 정우의 몫이었다. 민성은 이번에도 손님을 한 번 흘끗 쳐다만 본 뒤 다시 묵묵히 컵을 닦았다.

"여그서 내 행복을 좀 팔려고 하는디……."

"행복이요?"

행복을 팔러 온 손님의 방문은 개업 이래 처음 있는 일이었기에 정우는 놀라지 않을 수 없었다.

"행복을……. 저희가 매입 할 수는 있는데……. 아니 굳이 왜 행복을……."

컵을 다 닦은 민성은 바테이블로 다가가 할머니에게 손을 내밀었다.

"아, 저희 엔지니어한테 할머니 손을 좀 내밀어 주시겠어요?"

"이렇게 하면 되는 겨?"

할머니는 쭈글쭈글한 손을 민성에게 내밀었다. 민성은 할머니의 손을 잡고 그녀의 행복을 감정하기 시작했다.

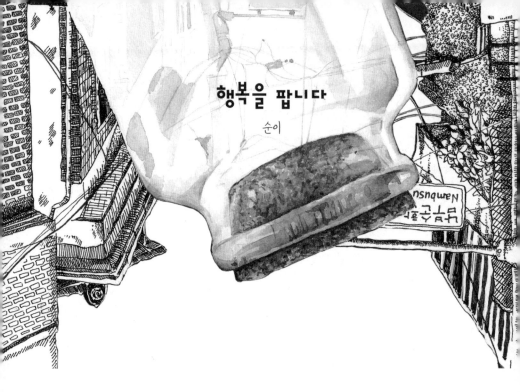

행복을 팝니다

순이

　나는 1935년, 일제 강점기에 방앗간 집 셋째 딸로 태어났어요. 어렸을 땐 우리나라 말을 잘 쓰지 못했죠. 일본어가 훨씬 익숙하고 편했거든요. 부모님은 때때로 내게 집에서는 우리말을 쓰라고 하셨지만, 우리말을 쓰려면 머릿속에 떠오른 일본어를 다시 우리말로 번역해야 했기 때문에 나는 그것이 너무나 귀찮았어요.

　"순이야, 우리는 조선인이야. 그러니까 우리말을 잊으면 안 돼."

　"이야다! 멘도쿠사이!(싫어! 귀찮단 말이야!)"

　그 시절의 나는 우리가 조선 사람이든 일본 사람이든 상관이 없다고 생각했어요. 하지만 내가 열 살이 되던 해, 대한민국은 결국 일본으로부터 나라의 주권을 되찾았죠. 소학교에서는 더 이상 일본어로 수업을

감정을 파는 소년

진행하지 않았고, 나는 자연스레 조금씩 우리말에 익숙해졌어요.

소학교를 졸업한 뒤 중학교 진학을 희망했으나, 당시 분위기가 아들은 중학교에 보내도 딸은 보내지 않았답니다. 심지어 해방 직후 월남 인구가 45만 명을 넘어서면서 온 가족이 생업에 뛰어들어야만 했어요. 나는 어쩔 수 없이 부모님을 도와 방앗간 일을 배웠어요. 주변 농가에서 보리와 밀을 경작해 방앗간으로 가져오면 온 가족이 밤새도록 방아를 돌렸어요. 추수철이 되면 방앗간 앞에 가마가 산더미처럼 쌓여 있었죠. 추수철 다음 김장철이 다가오면 고추도 함께 빻아야 했고, 김장철 다음으로 명절이 다가오면 잠도 못 자고 몇 날 며칠 가래떡을 뽑았어요. 그렇게 자그마치 10년을 방앗간에 살다시피 했네요.

하지만 곧 가세가 기울기 시작했어요. 마을 내 유일한 방앗간이었던 우리 집은 신식기계와 함께 큰길에 들어선 방앗간에 밀려 조금씩 손님을 잃었어요. 어쩔 수 없이 가족들의 생계를 위해 둘째 언니와 나는 방직 공장에 들어갈 수밖에 없었답니다.

방직 공장에는 내 또래의 아가씨들이 제법 있었는데, 아마 절반 이상이 집안의 가장들이었을 거예요. 번 돈의 대부분을 집으로 보내거나 남자 형제의 학비에 보탰겠죠. 그 시절에는 그게 당연한 일이었거든요. 나 역시 번 돈을 전부 부모님께 드렸고, 딱히 그런 생활에 불만은 없었으니까요.

방직 공장에 다닌 지 7년쯤 되었을 때, 부모님께서는 내게 사진 한 장을 건네었어요. 사진 속에는 투박한 인상의 무표정한 남자가 들어 있었죠.

"뭐예요?"

"순이야, 너도 이제 슬슬 시집가야지."

첫째 언니와 둘째 언니가 시집을 간 뒤 혼기를 훌쩍 넘겨 버린 나는 그 당시 우리 집의 암묵적인 골칫거리였어요. 결혼에 뜻이 없는 것은 아니었으나, 출가외인이 되어 버린 언니들의 빈자리를 메우기 위해서라도 나는 더더욱 공장 일에 매달릴 수밖에 없었어요. 사실 소학교 졸업 후 제대로 된 교복을 입어 보지 못했던 나는 방직 공장의 유니폼이 그나마 교복에 대한 갈증을 조금이나마 해소시켜 준 덕에 그곳에서 일하는 것이 썩 나쁘지 않은 터였어요. 심지어 나는 조장으로 승진한 지도 얼마 되지 않았거든요.

"생각해 볼게요."

"생각은 무슨! 순이 너도 이제 서른이야!"

"아무리 서른이래도, 사진 한 장 달랑 보여 주면서 누군지도 모르는 사람이랑 결혼을 하라는데, 아니 무슨 결혼이 오일장 엿치기도 아니고……."

"해방 직후 함경도에서 내려온 청년이라는데, 들어 보니 사람이 상당히 건실하다더라. 책임감도 있고."

"그걸 아버지가 어떻게 알아요?"

"그러지 말고 순이야, 서로 만나서 차 한 잔이라도 마셔 봐."

근엄한 아버지와 달리 엄마는 나를 달래듯 그냥 딱 한 번 만나서 차

감정을 파는 소년

만 마셔 보라 설득하시더라고요. 결국 나는 못 이기는 척 엄마의 맞선에 응했어요.

부모님이 정해 주신 시간보다 10분 일찍 시내 다방에 도착했어요. 일부러 약속 시간보다 먼저 도착해서 나의 근면함을 과시하고자 함이었죠.

약속 시간보다 30분이나 늦게 도착한 그는 "늦어서 미안합니다."라는 말만을 딱딱하게 건넨 뒤, 맞은편 자리에 앉았어요. 어차피 퇴짜를 놓을 생각으로 나간 자리였으나, 상대방의 목석같은 태도를 보자 분이 났어요. 그는 무려 30분이나 늦은 이유에 대해서 설명하지도 않았고, 나 역시 물어보지 않았죠.

"순이 씨라고 하셨죠?"

"네."

"저는 곽도진입니다. 읍내에서 작은 철공소 하나 운영합니다."

당시에는 새마을 운동이 한창이었고, 철공업이 산업화의 주역으로 각광받기 시작할 때였어요. 아마도 그래서 부모님이 건실한 청년이라느니, 일단 한 번 만나만 보라느니 하셨던 것 같아요.

"저는 일양 방직에서 조장을 하고 있어요. 일양 방직 아시죠?"

나름 콧대를 세우고자 한 대답이었으나, 그는 내 직업에 대해서 전혀 관심을 두지 않았어요.

"결혼하면 공장은 바로 그만두실 거지요?"

"예?"

대뜸 결혼 이야기를 꺼내는 그에게 적잖게 당황했지만, 어쩐지 묘한 박력이 느껴졌어요. 다시 찬찬히 그를 훑어보니 제법 어깨가 단단해 보이더라고요. 그는 6·25 때 가족을 잃고 북에서 내려와 혈혈단신 이곳에서 터를 일구었다고 했어요. 줄곧 남의 집 일을 돕다가 자신의 철공소를 차리자 그제야 결혼 생각이 들었다나.

"아이 낳고 애들 적당히 크면 저는 다시 일이 하고 싶은데요."

"철공소에도 일 많습니다."

무뚝뚝하다 못해 무례하다 여겨진 나는 이만 일어나겠다며 찻값을 내고 다방을 나섰어요. 집으로 돌아와 부모님에게는 "저 그 사람이랑 결혼 안 해요."라고 단호히 선언했고요.

며칠 뒤 퇴근길, 공장 앞으로 도진 씨가 찾아왔어요. 같이 일하던 조원들은 "언니, 웬일이야~", "저 남자 누군데?"라며 호들갑을 떨었죠.

"무슨 일이시죠?"

"지난번에는 실례가 많았습니다. 제가 여자랑 대화를 해 본 일이 없어서……."

"그래서요?"

"혹시 순이 씨 괜찮으시다면 저랑 같이 영화 한 편 안 보실랍니까?"

여전히 무뚝뚝한 표정으로 영화권 2장을 내미는 도진 씨의 볼이 미묘하게 발그레해졌어요. 순간 이 어깨 떡 벌어진 남자의 움츠린 등이 귀여웠던 나는 나도 모르게 "알겠어요."라고 대답해 버렸네요.

극장으로 이동하는 택시 안에서 도진 씨가 말했어요.

감정을 파는 소년

"순이 씨 일하고 싶으면 일하셔도 됩니다."

"예? 갑자기 무슨……."

"지난번에 애들 낳으면 다시 일하고 싶으시다고……."

"아니 누가 그쪽이랑 결혼한대요?"

알고 보니 우리 부모님으로부터 내 사진을 건네받았던 도진 씨는 사진 속 내게 첫눈에 반해 바로 결혼 결심을 했다고 하더라고요. 그날 그 자리는 부모님과 전부 얘기가 된 자리인 줄로만 알았고, 결혼 날짜만 잡으면 되는 줄로 알았다고…….

"그럼 순이 씨, 저랑 결혼 안 하시는 겁니까?"

막무가내로 결혼, 결혼 노래를 부르는 이 남자가 처음엔 너무나 황당했지만, 어느새 나도 모르게 그에게 스며들고 있었어요. 나는 그 상황을 웃어넘겼고, 그렇게 두 달 뒤 도진 씨와 결혼을 했어요.

도진 씨는 여자를 대하는 것이 서투를 뿐 무례한 사람은 아니었어요. 철공 일을 하면서 남자들이랑만 교류하다 보니 그저 말투만 좀 거칠었지, 사실 굉장히 다정한 사람이었거든요.

"순이 씨, 내가 짜장면 사 줄까요?"

"저 그거 먹어 보고 싶었어요!"

"그럼, 우리 주말에 짜장면 먹으러 갑시다. 요 앞 사거리에 맛있는 짜장면 집이 들어왔대요."

"도진 씨, 철공소는 어쩌고요?"

"주말에 잠깐 성찬이한테 맡기면 됩니다. 녀석이 일을 곧잘 해요."

"성찬 씨가 일을 잘해요? 다행이네요!"

나는 결혼하자마자 방직 공장을 그만두었어요. 부모님과 함께 살면서 방앗간 일을 할 때도 집안일은 전부 엄마가 도맡아서 했는데, 이제는 전부 나 혼자 해야 했거든요. 집안일은 정말이지 해도 해도 끝이 없더라고요. 심지어 도진 씨 옷들은 금방 땀에 젖어 더러워지거나 쉽게 해지는 바람에 매일 빨래와 바느질로 씨름을 해야 했어요.

게다가 매일 철공소 직원들에게 점심을 제공해야 해서 방직 공장을 다니던 때보다 더 많은 체력이 소모되었어요. 하지만 안사람으로서 가계에 조금이라도 보탬이 되려면 가만히 있을 수 없었죠.

"형수님, 음식 솜씨가 장난이 아니십니다!"

"형님은 좋으시겠어요! 삼시 세끼 형수님이 차려 주시는 밥만 먹어도 보약이 따로 필요 없겠는데요?"

"그런 말씀은 입에 침이나 바르고들 하세요!"

도진 씨 공장 직원들과 넉살 좋게 농담을 주고받던 중 갑자기 아랫배에 통증이 느껴졌어요.

"윽……. 아악……."

"순이 씨, 괜찮아요? 순이 씨 왜 그래요!"

깜짝 놀란 도진 씨가 어쩔 줄 몰라 하며 나를 둘러업고 병원으로 달려갔어요. 나는 그의 등에 업힌 채로 통증을 호소했죠.

"유산입니다."

의사의 말을 듣자 그제야 한동안 생리가 없었다는 걸 깨달았어요.

임신을 한 줄도 몰랐는데, 아이가 먼저 떠나 버렸죠. 도진 씨는 회복실에 누워 있는 내 손을 붙잡고 밤새도록 울었어요.

"순이 씨, 미안해요……. 순이 씨……."

나는 어린애처럼 애처롭게 울고 있는 도진 씨의 어깨를 토닥이며 말했어요.

"난 괜찮아요. 아이는 또 가지면 되죠."

"이제 공장에 나오지 말아요. 앞으로 내가 다 알아서 할게요. 다시는 공장에 나오지 말아요. 순이 씨……."

그날 이후 도진 씨는 나를 무슨 귀부인처럼 대했어요. 집안일만 하려니 몸이 근질근질했지만, 도진 씨는 공장 근처엔 얼씬도 못하게 했어요. 그렇게 이듬해 나는 무사히 아들을 출산했답니다.

"승환 아빠, 승환이 포대기 못 봤어요?"

"포대기? 빨랫줄에 있는 거?"

"그거라도 일단 좀 갖다 줘요."

아이가 태어난 뒤로는 정신이 하나도 없었어요. 장 보러 갈 때면 승환을 등에 업어 포대기로 꽉 매어야 했고, 온종일 기저귀를 빨고 또 빨았거든요. 시간마다 젖을 물려야 해서 잠도 제대로 자지 못했죠. 아이가 깨어 있는 모든 시간이 무슨 전쟁통 같았어요.

그렇게 첫 뒤집기와 걸음마를 목격한 뒤, 승환이 슬슬 걸음마를 뗄 무렵 도진 씨는 조심스럽게 둘째를 갖고 싶다고 말했어요. 나는 지금 아이 하나 키우는 것도 힘이 부치는데 어떻게 여기서 하나를 더 낳느냐며 고개를 저었죠. 게다가 당시 내 나이 서른셋이었어요. 하지만 도진 씨는 양보하지 않았고, 결국 이듬해 또 임신을 해 버렸네요.

"이번에는 딸이었으면 좋겠어."

"승환 아빠는 딸이 좋아요?"

"첫째는 아들이었으니까, 둘째는 딸이면 좋지!"

"둘째도 아들이면?"

"어……. 음……. 그럼……. 우리 철공소 직원은 더 이상 안 뽑아도 되겠네……."

"무슨 소리야! 우리 애들은 서울에 있는 대학 보내야죠!"

학벌 콤플렉스가 있었던 나와 달리 도진 씨는 그런 것에 전혀 개의치 않았어요. 하지만 나는 내 아이들은 반드시 중학교에도 보내고 고등학교는 물론이거니와 대학까지 보내리라 결심했죠. 이듬해 봄, 도진 씨의 바람대로 둘째로 딸이 태어났어요.

첫째는 세 살 터울의 여동생에게 부모님의 관심이 쏠리자 질투를 하기 시작했어요. 이유 없이 볼을 꼬집고, 분유를 뺏어 먹더라니까요?

"승환아! 동생 맘마를 뺏어 먹으면 어떡해!"

"승희 미워! 승희 동생 아냐!"

"곽승환!"

내가 언성을 높이자 승환은 쪼르르 아빠한테 달려갔어요.

"승환이는 승희가 싫어?"

"싫어!"

감정을 파는 소년

"그럼 승희는 다른 집에 줘야겠다."

도진 씨는 승희를 안아서 문밖으로 나가는 시늉을 했어요. 나는 장단을 맞추며 "승환이가 승희 미워해서 승희 이제 못 보는 거예요?"라고 물었죠. 그때 갑자기 승환이 달려가 아빠의 무릎을 붙잡았어요.

"안 돼!! 안 돼요! 승희 데려가지 말아요!"

"승환이가 승희를 싫어하니까, 어쩔 수 없는걸."

"승희 안 싫어! 안 미워!"

도진 씨는 완강하게 돌아서며 마당 문을 열었고, 승환은 그제야 승희를 감싼 포대기를 붙잡으면서 목 놓아 울기 시작했어요.

"앞으로 승희 안 괴롭힐 거야?"

승환은 꺼이꺼이 울면서 고개를 끄덕였어요. 그날 이후 한동안 승환은 승희 근처에 아빠를 못 오게 했어요.

하루는 두 남매가 서로 손을 꼭 붙잡고 거실에서 봄 햇살을 받으며 낮잠을 자고 있었어요. 나는 그 모습이 너무나 사랑스럽고 귀여워 도진 씨에게 보여 주고 싶었지만, 온종일 공장에 있었던 도진 씨는 그 모습을 보지 못했죠. 오로지 나만이 두 남매의 사랑스러움을 매일 마음껏 만끽할 수 있었답니다.

그 대신 도진 씨는 아이들의 사랑스러움과 맞바꾼 시간을 소처럼 일해서 공장을 키워 나갔어요. 이내 곧 규모를 늘려 서울 변두리 철공소 거리로 이전을 했어요.

뒤집기를 했던 게 엊그제 같은데 어느새 승환의 중학교 입학 날이

다가왔어요. 승환의 교복을 사 주면서 나의 어린 시절이 떠올랐죠. 소학교 졸업 후 중학교에 보내 달라 그렇게 떼를 썼는데, 부모님은 끝까지 학교를 보내 주지 않으셨거든요. 부모님을 원망하는 것은 아니지만, 나는 그 시절 교복 입은 또래 여학생들을 볼 때마다 한없이 부러웠어요. 그랬던 내가 다행히 우리 승환에게는 교복을 입혀 줄 수 있었네요. 곧 우리 승희에게도 예쁜 여자 교복을 입혀 줄 생각을 하니 괜히 내 마음이 설레었어요. 하지만 1983년 교복 자율화 조치로 인해서 승희는 교복을 입지 못했어요.

"엄마! 내 청재킷 어딨어!"

"엄마 그거 빨았는데?"

"아! 그걸 빨면 어떡해!! 오늘 친구들이랑 롤라장 가기로 했단 말이야!"

"다른 옷 입고 가면 안 돼?"

"아 몰라! 짜증 나!"

"곽승희, 엄마한테 말버릇이 그게 뭐야!"

도진 씨가 신문을 덮으며 호통을 치자 승희는 입을 삐죽 내밀며 방으로 들어가 버렸어요.

"요즘 애들은 다 저런가? 승희 쟤는 어째 날이 갈수록……."

"승환 아빠, 너무 그러지 말아요. 그래도 승희가 학교에서 공부는 곧잘 한대요."

"공부만 잘하면 뭐해. 사람이 먼저 돼야지!"

감정을 파는 소년

"당신은 오늘도 늦어요?"

"성찬이 녀석이 일하다 다치는 바람에……. 아마 한동안 늦을 것 같은데……."

"몸 상하지 않게 쉬엄쉬엄해요~!"

"그나저나 요즘 승환이도 집에 너무 늦게 들어오는 것 같은데……. 그 녀석 설마 학생운동 그런 거 하는 거 아니지?"

"무슨 그런 큰일 날 소리를 해요! 우리 승환이가 그럴 리 없잖아요!"

그 무렵 아들 승환은 부모의 우려에도 불구하고 마르크스와 레닌의 원전들을 유인물 형식으로 유포하며, 사구체 논쟁에 빠져 있었다네요. 전학련 조직원들이 교도소에서 출소하자 그들과 합류해 삼민투 투쟁 대회를 이끌었던 투쟁위원회 선배들의 영향을 받은 거죠.

"여보세요, 거기 곽승환 씨 댁 맞습니까?"

경찰서로부터 한 통의 전화가 왔을 때까지만 해도 내 아들은 친구 따라 얼떨결에 휘말린 정도라고 생각했어요. 하지만 유치장 안에 수감된 승환의 모습을 보자 나는 그 자리에서 주저앉아 버리고 말았죠.

시위 현장에서 검거되었지만, 다행히 진술서를 쓴 뒤 풀려나올 수 있었어요. 집으로 돌아온 승환에게 도진 씨는 아무 말도 하지 않았죠. 나는 아들을 붙잡고 오열하며 다시는 그런 데 가담하지 말라 애원했어요. 한동안 승환은 집 밖으로 나가지 않았어요.

승희는 대학을 졸업하자마자 은행에 취직을 했어요. 엄마 팔자를 닮았는지, 학창 시절 입어 보지 못한 유니폼의 한을 승희 역시 직장에서 해소하더라고요. 딸의 유니폼 입은 모습이 너무나 예뻤던 나는 필름카메라로 사진을 잔뜩 찍어서 인화를 했어요.

아들 승환은 휴학을 한 이후로 줄곧 아빠의 철공소 일을 도왔어요. 대학물까지 먹은 놈이 왜 공장 일을 배우냐며 도진 씨는 처음에 완강히 거부했으나 아들의 열정에 두 손 두 발을 다 들어 버린 것 같아요.

"승환아, 왜 갑자기 철공 일을 배우겠다는 거야?"

"그냥, 어렸을 때 묵묵히 땀 흘려 정직하게 일하는 아빠 뒷모습이 굉장히 멋져 보였던 게 기억났어."

나중에 알게 된 사실이지만, 승환은 시위 기록으로 인해서 제대로 된 취업을 할 수 없는 상태였대요. 당시에는 그저 '녀석이 왜 저럴까.' 싶어 부모로서 안타까웠지만 그 누구보다 속이 쓰렸을 사람은 다름 아닌 승환이었죠. 다행히 승환은 일을 곧잘 배웠고, 이내 도진 씨의 든든한 파트너가 되었어요.

묵묵히 아버지 일을 돕는 승환과 달리 승희는 계절마다 남자 친구가 바뀌었어요. 매번 집 앞으로 '카라'를 한껏 세운 남자들이 승희를 데려다주었고, 그 친구가 한동안 안 보인다 싶으면 또 어느새 애인이 바뀌어 있었어요.

"승희야, 도대체 결혼은 언제 할 거야?"

어느덧 나의 부모가 내게 채근했던 말을 내가 하고 있었어요.

"글쎄, 엄마는 내가 빨리 시집갔으면 좋겠어?"

"괜찮은 남자 있으면 얼른 가야지, 너도 이제 곧 내일모레 서른인데……."

"실은 우리 은행에 관심 있는 사람이 있긴 한데……."

"그래? 뭐하는 사람인데?"

"뭐야~ 엄마도 참! 은행에 있는 사람이 뭐 하는 사람이겠어? 돈 세는 사람이지!"

"같은 은행원이야?"

"응, 그런데 그 사람 왠지 여자 친구가 있는 것 같아."

"그런 사람을 뭐 하러 좋아해!"

"확실한 건 아닌데, 넷째 손가락에 반지도 있고……. 그리고……."

"됐다, 됐어! 엄마가 승희한테 딱 맞는 좋은 사람 한번 찾아볼게."

"무슨 소리야! 지금이 어떤 세상인데 부모님이 소개해 준 사람이랑 결혼을 해!"

사실 우리 시대에도 연애결혼이 없었던 것은 아니었어요. 다만 내가 중매로 결혼을 한 덕에 도진 씨를 만났고, 지금까지 잘 살아왔다 보니 자연스레 딸에게도 중매를 해야겠다고 생각한 거예요. 하지만 딸 세대 또래에게 '중매'라는 단어는 거의 경기를 일으키는 수준이었죠. 결국 승희는 자신이 호감 가졌던 같은 은행 직원이 여자 친구랑 헤어지자마자 위로하는 척 접근해 결혼을 했어요. 신혼을 길게 가지려 했던 승희는 결혼 2년 차가 되던 2002 월드컵 기간에 안정환의 골과 함께 자신도 임신을 해 버렸지 뭐예요. 그렇게 손녀딸 민정이가 태어났어요.

손녀딸은 너무나 예쁘고 사랑스러웠어요. 애교가 잔망스럽기 그지 없었으며 마치 하늘에서 천사가 내려온 것만 같았죠. 승환이랑 승희 키울 때는 정신이 없어서 애들이 예쁜 줄도 모르고 시간이 흘러가 버렸는데, 손녀는 그렇지 않았어요. 민정이가 얼마나 예뻤는지 맞벌이를 하는 딸 부부 내외가 지방으로 이직을 하면서 잠시 손녀딸을 맡아 달라 부탁했을 때 망설이지도 않고 기꺼이 맡겠다 했을 정도예요.

손녀딸은 엄마와 달리 굉장히 얌전한 아이였어요. 애기 때부터 잘 잤고, 그리 많이 울지도 않았거든요. 승희 어렸을 때를 생각하면 '우리 딸이 낳은 게 맞나?' 싶을 정도였어요.

지방에서 금방 자리를 잡은 딸 부부는 곧 민정이를 데려갔고, 다시 나와 도진 씨 단둘만의 생활이 시작되었어요. 아들 승환은 결혼 생각이 없다며 여전히 도진 씨 공장에서 묵묵히 일만 했지만, 사실 승희가 결혼도 하기 전에 먼저 독립을 한 것은 승환이었죠. 나는 가끔씩 반찬을 만들어 다 큰 아들집 냉장고를 채워 주곤 했어요.

도진 씨와 단둘이 사는 건 너무나 오랜만이었요. 결혼을 1965년도에 했으니 한 35년만인가? 아이들 키우느라 세월 가는 줄 몰랐는데, 어느새 도진 씨 머리엔 검은머리보다 흰머리가 더 많아져 있었더라고요.

철공소 일이 조금씩 줄면서 도진 씨가 집에 머무는 시간이 조금씩 늘어났어요. 그와 나는 별다른 대화를 하지 않아도 한 공간에서 서로의 온기에 스며드는 일상을 보내는 것이 좋았죠.

하루는 함께 동네를 한 바퀴 산책하기도 하고, 또 어느 날은 사이좋게 집 근처 팥죽집에서 팥옹심이 하나를 주문해서 둘이 나누어 먹었어

감정을 파는 소년

요. 그는 가끔 퇴근길에 붕어빵을 포장해 오곤 했는데, 그럴 땐 한 손에 붕어빵 봉다리를 달랑달랑 들고 동네를 돌아다니는 노인네의 모습이 떠올라 괜히 웃음이 났어요.

햇살이 따스했던 어느 날, 거실 소파에 앉아 있던 도진 씨를 보자 문득 그와 함께 처음 영화를 보러 갔던 날이 떠올랐어요.

"당신, 우리 처음 영화 보러 갔던 날 기억해요?"

"기억하다마다. 그날 내가 당신 일하는 방직 공장 앞까지 찾아갔잖여."

"그때 우리가 본 영화 제목이 뭐더라……."

"……글쎄, 제목은 통 기억이 안 나네……."

딸 승희가 결혼한 지 10년째 되던 해, 도진 씨는 대장암에 걸렸어요.

도진 씨가 투병하는 동안 나는 간병인을 쓰지 않고 집과 병원을 오가며 그를 극진히 보살폈어요. 어느 날 문득 그의 듬직했던 어깨가 마르고 앙상해졌다는 걸 깨달았죠. 언제부터였을까요? 기억이 나지 않았어요. 나는 언제나 방직 공장 앞에 찾아온 그날의 모습으로 도진 씨를 떠올렸거든요. 그렇게 듬직했던 사람이 호흡기를 단 채 침대에 누워 숨을 가쁘게 몰아쉬었어요.

"여보, 고생만 시켜서 미안혀……."

"고생은 무신……. 당신 만나서 승환이도 낳고, 승희도 낳고……."

도진 씨의 대장암은 결국 폐암으로 전이되었고, 1년 반가량 투병하다 먼저 세상을 떠나 버렸어요. 조금만……. 조금만 더 내 곁에 있어 주지…….

도진 씨가 떠난 뒤 한동안 마음이 먹먹했어요. 인생의 50년 가까이를 함께하던 이를 떠나보내고 나니, 가슴 한구석에 구멍이 뻥 뚫린 것 같았죠. 그런 내가 걱정된 승환은 자신이 나를 모시겠다고 했으나, 나는 도진 씨와의 추억이 가득한 지금 집을 떠나고 싶지 않았어요. 지방에 있는 딸 승희는 자주 들르진 못해도 수시로 전화를 걸어 안부를 묻더라고요. 도진 씨를 떠나보내고 반년쯤 지났을 때 문득 그런 기분이 들었어요.

그냥 어딘가에 도진 씨가 여전히 있을 것만 같은 기분. 우리 처음 살았던 신혼집의 마당이라던가, 그가 평생을 바쳐 일했던 철공소 사무실 등 어딘가에 여전히 그의 온기가 남아 있을 것 같았어요. 그런 날엔 앨범을 꺼내어 지난 50년 세월을 반나절 만에 추억하기도 했죠. 그렇게 조금씩 도진 씨가 없는 세상에 익숙해져 갔어요.

여름이 되면 손녀딸이 방학을 맞아 며칠씩 서울로 놀러 오곤 했어요. 손녀딸이 오기 전엔 꼭 당근과 수제비 재료를 챙겨 놓았죠. 고사리 같은 손으로 열심히 반죽을 하고 있는 모습을 보면, 어린 시절의 승환과 승희가 떠올랐어요. 두 남매가 엄마를 돕겠다며 반죽을 치댈 땐 온 집 안에 밀가루가 날렸죠. 심지어 반죽을 그릇에서만 만지는 것이 아니라 거실 바닥에 흘렸던 반죽 뭉치를 도로 합치기도 하고, 손톱에 때가 꼬질꼬질하게 끼어 있는 상태로 수제비를 떼기도 했거든요.

반면 손녀딸 민정은 어린 시절의 승희와 얼굴을 판박이였지만 성격

감정을 파는 소년

은 정반대였어요. 엄마와 달리 얌전히 반죽을 빚었고, 집 안에서 난리를 피우지도 않았어요. 사춘기 시절 승희가 속을 썩일 때마다 "너 같은 딸 낳아서 똑같이 고생해 봐라!"고 하곤 했는데, 민정은 전혀 부모님 속을 썩이지 않았어요. 공부도 잘하고, 중학교에서 별다른 사고도 치지 않았다고 승희가 말하더라고요.

도진 씨를 떠나보낸 지도 벌써 7년이 흘렀어요. 어느덧 손녀 민정이 고등학교에 입학을 했고, 첫 여름 방학을 맞아 할머니 집에 놀러 오겠다며 기별을 보내왔죠. 나는 민정이 오기 전날 미리 시장에 나가서 당근과 밀가루, 대파 등을 구입했어요.

민정은 집에 오자마자 역시나 수제비타령을 했고, 나는 준비한 재료를 꺼내 둘이 사이좋게 수제비를 만들었어요. 수제비를 만드는 동안, 민정이가 친구를 데려와도 되냐고 묻기에 기꺼이 그러라고 했어요. 제일 친한 친구라고 하니 또 얼마나 귀여운 아가씨가 올지 궁금해졌거든요. 이튿날 점심 일찍 친구를 데리러 나갔던 민정은 저녁 무렵이 되어서야 친구와 함께 집으로 돌아왔어요.

"할머니! 나 왔어!"

"안녕하세요."

민정의 친구는 집에 들어오자마자 깍듯하게 인사를 한 뒤 실내를 두리번거리기 시작했어요. 뭐랄까 마치 집 안을 한 번 검사하는 눈빛이랄까. 요즘 어린 친구들은 도통 무슨 생각을 하는지 모르겠어요. 그들이 하는 말조차 절반 이상은 알아들을 수 없더라니까요?

이튿날 손녀딸의 친구는 집으로 돌아갔고, 이후 일주일 동안 도진 씨와 함께했던 공간을 민정이 대신 채워 주었어요. 도진 씨와 나란히 앉았던 소파에 민정과 나란히 앉아 TV를 보았고, 도진 씨와 마주 보고 앉았던 식탁에서 민정과 마주 보고 밥을 먹었죠. 나는 그때까지만 해도 내가 살아 있는 동안에는 이 같은 여름이 앞으로도 꾸준히 반복되리라 믿어 의심치 않았어요.

민정이 돌아가고 석 달 뒤, 승희로부터 전화가 왔어요. 내 손녀딸 민정이가 옥상에서 투신을 했다고.

"여가 감정을 사고파는 데구먼……. 근디…….."

민성에게 손을 건넨 할머니가 가게 안을 두리번거리며 말했다.

"할머니, 잠시만요……."

민성은 제법 한참 할머니의 행복을 감정했다. 그것은 신중을 기한다기보다는 할머니의 감정에 취해 버렸다는 표현이 더 정확할 것이다. 할머니의 행복은 너무나 평범하고 아름다웠다.

"행복이라는 이름의 '희로애락'을 그짝한테 팔 테니……."

"할머님, 저희한테 행복을 팔겠다는 거예요? '희로애락'을 팔겠다는 거예요? 판매를 희망하시는 감정명을 정확히 말씀해 주셔야……."

정우는 감정 중에 말을 바꾸는 할머니에게 확인 차 되물었다.

"사람들이 잘 모르는 게 있는디, 행복이라는 것은 희로애락의 다른 말이여."

감정을 파는 소년

"예?"

문득 정우는 할머니가 이곳에 들어온 이후로 내내 서 계셨다는 것을 깨달았다. 등이 살짝 구부정하지만 그래도 아직 정정해 보이는 듯했던 할머니는 바체어의 높이가 부담스러웠는지 내내 바테이블에 기대어서 계셨다. 정우는 이내 창고로 들어가 높이가 낮은 보조의자 하나를 꺼내 왔다.

"일단 이쪽에 먼저 앉으세요."

정우의 안내를 받은 할머니는 보조의자에 앉아 허리를 꼿꼿이 세운 뒤 두 손을 다소곳하게 무릎 위에 얹었다. 그러고는 바테이블 안쪽의 민성을 바라보며 이어서 말했다.

"내 행복을 당신들한테 팔고, 또 그것을 되팔아 줬으면 하는 상대가 있구먼······."

"상대가 누구인가요?"

"내 손녀딸 민정이에게 대신 이 행복을 좀 팔아 줄 수 있는겨? 돈은 얼마든 지불할 터이니······."

"손녀분은 지금 어디에 계시는데요? 함께 오셨으면 모를까······."

그때 할머니의 눈가가 촉촉해지기 시작했다. 그녀는 순간 민망하다는 듯 옷소매로 눈물을 훔치며 대답했다.

"지금 지방병원 중환자실에 있구먼······."

"중환자실이요?"

"괴롭힘을 당했는지, 따돌림을 당했는지······. 옥상에서 투신을 했다지 뭐요⋯⋯. 다행히 나무에 걸려 목숨은 건졌는디⋯⋯."

민성이 조심스럽게 할머니의 말을 잘랐다.

"할머니, 할머니의 이 행복을 추출하면 할머니의 영혼은 완전히 망가질 거예요."

"괜찮여⋯⋯. 일찍이 남편 보내고 죽을 날만 기다리는 늙은이가 뭐가 아깝것어⋯⋯. 그보다 앞으로 살날이 더 창창한 우리 손녀한테 부디 이 행복을 좀 대신 팔아 주구려⋯⋯. 내 이렇게 부탁할게요⋯⋯."

할머니는 의자에서 일어나 민성에게 다가가 두 손을 붙들고 간절하게 말했다. 그러자 다시 할머니의 찬란한 행복이 민성에게 느껴졌다. 민성은 잠시 고민하는 듯하더니 이내 할머니에게 다소 황당한 제안을 건넸다.

"할머니, 단 조건이 있어요. 저희가 손녀분한테 할머니의 행복을 되팔아 드리는 대신 할머니 행복의 절반을 저한테 주세요."

"절반이면 충분혀⋯⋯. 나머지는 민정이가 살면서 채워 나가야제⋯⋯."

할머니는 그제야 한시름 놓은 듯 민성의 꽉 잡은 두 손을 놓아주었다. 그리고 정우와 민성을 번갈아 보면서 말했다.

"나이 여든 넘은 노인네의 실없는 소리 같겠지만, 살다 보면 또 참 살만한 것이 인생이구먼. 우리 민정이는 아직 너무 어려서 그것을 몰랐던 게지⋯⋯. 물론 그 나이 또래에는 또 우리 세대가 모르는 나름의 삶에 대한 버거움이 있었겠지. 그걸 미리 헤아리지 못한 어른들의 잘못인 거

　　　　　　　　　　　　　　　감정을 파는 소년

고……. 아무리 그래도 그 어린것이 뭣이 그리 힘들었길래 그런 선택을 했는지……. 도대체 어떤 심정으로 그 계단을 올라갔을지……."

말하는 동안 또다시 할머니의 눈시울이 붉어졌다. 하지만 이번에는 눈물이 맺히기만 할 뿐 할머니의 두 뺨으로 흐르진 않았다. 세 사람은 한동안 아무 말도 하지 않았다.

"그…… 그럼 우리가 출장을 가야 하는 건가? 손녀분이 입원한 병원은 어디에 있는 병원인가요?"

"지금 바로 가 주는 거여?"

"감정 추출은 현장에서 작업하는 게 가장 좋아요."

민성은 창고로 들어가 유리병 하나를 꺼내 왔다. 곧 가방 안에 그 유리병을 담아 가게를 떠날 채비를 했다. 정우는 허둥지둥 내부를 정리한 뒤 문 앞에 걸린 팻말을 '외출 중'으로 돌려놓고 가게 문을 잠갔다.

두 사람은 할머니를 따라 버스 터미널로 이동한 뒤 손녀딸이 입원해 있다는 지역의 버스 티켓을 끊었다. 정우와 민성이 나란히 함께 앉았고, 할머니는 두 사람과 통로를 사이에 두고 옆 좌석에 따로 앉았다. 기분 탓이었을까? 정우의 눈에는 어쩐지 민성이 들뜬 것처럼 보였다. 창가 자리에 앉은 민성은 가는 내내 창밖만 바라보았다. 창밖에는 저 멀리 축사도 보였고, 또 노란 들판도 보였다. 정우는 할머니에게 들리지 않을 정도의 목소리로 민성에게 물었다.

"어쩔 셈이야? 정말로 할머니의 행복을 전부 꺼낼 거야?"

"응."

"할머니 괜찮으실까?"

"당연히 안 괜찮겠지. 하지만 손녀딸이 죽는 것보단 낫겠지."

"할머니의 행복이 그 정도야? 자살을 시도한 여고생의 인생을 바꿀 만큼?"

"할머니는 세상에서 가장 평범하고도 찬란한 인생을 사셨어."

"그걸 어떻게 알아?"

"아까 할머니의 행복을 감정했잖아."

"전혀 안 그래 보이는데, 엄청 대단하신 분인가?"

"아마 저분의 인생은 역사에 남지도 않고, 신문 한 켠에 실리지도 않을 만큼 평범한 삶이셨을 거야."

"그런데 저 할머니의 행복이 그 정도로 대단하다고?"

정우와 민성이 소곤소곤 이야기를 나누는 동안 금세 터미널에 도착했다. 그들은 할머니와 함께 택시를 타고 병원으로 이동했다. 병원에 도착한 뒤 손녀딸이 입원한 병실로 두 사람을 안내하는 할머니의 걸음이 굉장히 분주하면서도 더디었다. 그것은 마치 당장이라도 손녀딸을 구하고 싶은 할머니의 다급한 마음을 몸이 따라 주지 못하는 것 같은 모습이었다.

할머니를 따라 들어간 중환자실엔 너무나 가냘픈 소녀가 온몸에 각종 호스를 덕지덕지 붙인 채 누워 있었다. '뚜- 뚜- 뚜-' 소리가 유리창 밖으로도 들리는 것만 같았다. 병원 측에 가족면회 허가를 얻은 뒤 할머니와 민성 두 사람만 그곳에 들어갔다.

"이 아이가 우리 손녀딸이여······. 참말로 이쁘제?"

민성은 자신과 동갑내기인 친구가 호흡기를 단 채 침대 위에 누워 있는 모습을 보자 잠시 마음이 심란했다. 하지만 이내 가방에서 유리병을 꺼낸 뒤 곧바로 추출 준비를 했다.

민성이 할머니에게 손을 내밀자, 할머니는 기꺼이 두 손을 민성에게 맡겼다. 곧 할머니의 행복을 손바닥으로 추출했고, 민성은 그것을 조심스럽게 유리병으로 옮겨 담았다. 행복은 물보다 더 투명한 액체의 형태를 지니고 있었다.

이어서 민성은 소녀에게 다가가 소녀의 손을 들어 올렸다. 손바닥을 통해 소녀의 얇은 맥박이 전해졌다. 민성은 자신의 손으로 소녀의 손을 오므린 뒤, 그 안에 유리병에 담긴 할머니의 행복을 정확히 절반만 쏟아부었다. 그러곤 유리병 뚜껑을 꽉 닫았다.

중환자실을 나와 할머니에게 인사를 드린 뒤, 두 사람은 함께 병원을 나섰다. 병원을 나온 민성은 잠시 그곳에 멈춰 하늘을 바라보았다. 정우도 민성을 따라 함께 하늘을 바라봤다.

"저 소녀, 괜찮겠지?"

"보통 사람과는 조금 다른 인생을 살게 되겠지. 할머니의 행복은 일생에 걸쳐서 축적된 다양한 감정의 총 집합체니까. 절반이어도 아마 이전과는 전혀 다른 삶을 살게 될 거야."

"빨리 깨어났으면 좋겠다."

출장을 마친 정우와 민성은 다시 버스를 타고 신림동 가게로 돌아왔다. 가게로 돌아온 민성은 한참 유리병에 담긴 행복을 바라보았다.

"다른 감정들은 전부 색이 있는데, 어떻게 행복은 아무런 색이 없지?"

"물감을 섞으면 검은색이 되지만, 빛은 섞으면 섞을수록 흰색이 되잖아. 감정도 마찬가지인 거겠지."

"희로애락이 전부 섞이면 물처럼 투명해진다?"

"나도 행복을 추출한 건 처음이라 이건 보관 방법조차 모르겠어."

"그냥 실온에 두면 되는 거 아냐?"

"일단 당분간 지켜봐야겠어."

그날 이후 며칠 동안 민성은 가게를 열지 않았다. 아니 출근은 했으나, 장사를 하지 않았다는 표현이 더 정확할 것이다. 민성은 매일같이 가게에 나와 한참 공을 들여 행복을 분석했다.

할머니의 말씀대로 행복에는 희로애락이 전부 섞여 있었다. 하지만 이것 또한 연우 누나의 슬픔처럼 분리가 쉽지 않았다. 민성이 어떻게든 감정을 분리하려 아무리 애를 써 보아도 그것은 한 움큼의 또 다른 행복이 되어 있었다.

민성은 잠시 가게 입구를 바라보았다. 그동안 저 문으로 참 다양한 손님들이 다녀갔다. 그들은 사랑을 사고팔기도 하고, 열등감을 헐값에 처분하기도 했다. 인간의 감정이라는 게 당연히 어느 정도의 교집합이 있기는 하지만, 그래도 그들의 감정은 단독으로 추출이 가능했다. 하지만 왜 할머니의 행복과 누나의 슬픔은 마치 동전의 양면처럼 분리가 되

감정을 파는 소년

지 않는 것일까?

사람들이 흔히 행복하다고 할 때는 웃음, 미소, 사랑, 충만함 등의 감정을 떠올릴 것이다. 하지만 할머니의 행복에는 슬픔, 분노, 열등감, 질투 등의 감정이 함께 들어 있었다. 그때 가게 앞 시멘트 사이에 핀 꽃 한 송이가 민성의 눈에 들어왔다. 꽃이 바람에 살랑이자 그림자도 함께 흔들리기 시작했다. 민성은 한참 그것을 바라보았다.

한낮에는 꽃의 형태 그대로 빛과 그림자가 선명하게 구별되었는데, 해가 점점 질수록 그림자의 경계가 조금씩 흐려졌다. 곧 어디까지가 빛이고 어디서부터가 그림자인지 불명확해지기 시작했다. 빛과 그림자가 합쳐진 것이다.

문득 한 가지 방법이 떠오른 민성은 창고에 있는 머그를 가져와 스포이드로 슬픔 한 방울을 유리병의 행복에 떨어뜨려 보았다. 그것은 마치 물 한 컵에 우유 한 방울을 떨어뜨리는 것과 비슷한 모양새였다. 물컵에 우유를 한 방울 떨어뜨리면 과연 어떻게 될까? 우유는 곧 물에 용해되어 버린다. 행복이 든 유리병을 민성이 두 손으로 어루만지자 슬픔이 훨씬 더 부드럽게 녹기 시작했다.

민성은 밤을 새워 연우의 슬픔을 한 방울씩 할머니의 행복에 섞기 시작했다. 한 번에 쏟아부으면 행복이 슬픔에 잠식될 수 있으므로 조금씩 아주 조금씩 행복에 슬픔을 녹여 냈다.

민성이 작업을 하는 동안 정우는 말없이 가게 안 이곳저곳을 정리했다. 그러는 동안 몇몇 손님이 방문하기도 했으나 정우는 엔지니어 컨디

선을 평계로 둘러대며 그들을 전부 돌려보냈다. 심지어 그는 민성의 작업에 방해되지 않기 위해서 몇 날 며칠 동안 한 마디 말도 걸지 않았다. 대신 곁에서 묵묵히 청소만 했다.

정우는 두 사람이 늘 함께 서 있었던 바테이블과 언제나 손님을 반갑게 맞아 주던 바체어를 마른걸레로 꼼꼼히 닦았다. 손님의 눈물을 닦기 위한 티슈가 담겨 있었던 티슈함은 구석으로 밀어 버렸고, 그들에게 내어 주던 물 잔과 코스터 역시 한쪽으로 정리했다.

말끔하게 정리한 바테이블로 정오의 햇살이 들어왔다. 가게 안에 있던 먼지는 실내의 공기에 둥둥 몸을 맡기고 있었다. 민성은 정우가 정리한 바테이블로 유리병과 머그를 들고 나왔다. 곧 유리병에 담긴 행복에 햇살이 부딪혔다. 민성은 유리병의 뚜껑을 열어 머그에 있었던 마지막 한 방울을 유리병 안으로 떨어뜨렸다. 그렇게 마지막 한 방울의 슬픔까지 행복에 완벽히 용해되자 민성이 말했다.

"정우 형, 이제 우리 연우 누나 찾으러 가자."

"그럴까?"

두 사람은 가게의 문을 닫은 뒤 입구에 팻말을 걸었다.